이상한 나라의 앨리스

THE STORY BOOK

CONTENTS

앨리스!

너의 보드라운 손으로 이 이야기를 받아다
어린 시절의 꿈으로 엮은 신비한 추억의 보금자리에 놓아 두렴.

황금빛 찬란한 오후
유유히 강물 위를 떠가네.
어설프나마 작은 팔로
부지런히 노를 젓고
작은 손들은 산책길을
헛되이 손짓한다네.

아, 무정한 세 아이들!
이리도 꿈 같은 날, 이런 시간에
작은 깃털 하나도 못 날릴 만큼 숨이 찬 사람에게
이야기를 해달라고 조르다니!
하지만 힘없는 목소리 하나가
어찌 세 사람의 성화를 이기리오.

거만한 첫째가 불쑥 나서며 명령한다.

"시작하세요."

둘째는 상냥하게 부탁한다.

"엉뚱한 얘기로요!"

셋째는 일 분이 멀다 하고 이야기에 끼어드네.

곧 갑작스런 침묵이 흐르고

아이들은 상상의 나래를 편 채

신기하고 이상한 나라를 누비며

새와 짐승과 다정하게 조잘대는

환상의 아이를 쫓아다니네.

마치 사실이기라도 한 듯.

어느덧 상상의 샘이 말라

이야기도 떨어지고

지친 이야기꾼은 슬그머니 이야기를 접으려 하네.

"나머지는 다음에."

"지금이 다음이에요!"

달뜬 아이들의 목소리가 울려 퍼지네.

이상한 나라의 이야기는 이렇게 생겨났다네.
이렇게 천천히, 하나씩 하나씩
신기한 사건들을 만들어 가면서.
이제 이야기는 끝이 났고
석양빛 아래 흥에 겨운 선원들은
노를 저어 집으로 돌아가네.

앨리스! 너의 보드라운 손으로
이 이야기를 받아다
어린 시절의 꿈으로 엮은
신비한 추억의 보금자리에 놓아 두렴.
머나먼 나라에서 꺾어 온
순례자의 시든 꽃다발처럼.

1. 토끼 굴 속으로

언니와 함께 강둑에 앉아 있던 앨리스는 점점 따분해지기 시작했다. 언니가 읽는 책을 한두 번 힐끗거리긴 했지만 책에는 그림도 대화도 보이지 않았다. 앨리스는 속으로 생각했다.

'그림도 대화도 없는 책이 도대체 무슨 재미람?'

그래서 앨리스는 데이지로 꽃다발을 만들까도 생각했지만 꽃을 꺾으러 다니는 게 번거롭게 여겨졌다.(더운 날씨 탓에 잠은 쏟아지고 머리가 멍해 무척 애를 써야 했다.)

그때였다.
갑자기 눈이 분홍색인 흰 토끼 한 마리가
앨리스 옆을 쌩 하니 지나갔다.

그거야 뭐 특별한 일은 아니었다. 토끼가 "이런! 이런! 너무 늦겠는걸!" 하고 중얼거리는 소리를 듣고서도 앨리스는 그다지 이상하다고 생각하지 않았으니까. (나중에 찬찬히 돌이켜 보니 분명 이상한 일이었는데, 그때는 웬일인지 모든 게 자연스러워 보였다.) 하지만 토끼가 조끼주머니에서 회중시계를 꺼내 쳐다보고 부리나케 뛰어가는 모습을 실제로 보자 앨리스도 자리에서 벌떡 일어날 수밖에 없었다. 그도 그럴 것이 지금껏 한 번이라도 조끼를 입은 토끼나 조끼주머니에 시계를 넣고 다니는 토끼를 본 적이 없었기 때문이었다.

호기심이 솟구친 앨리스는 토끼의 뒤를 쫓아 들판을 가로질러 뛰기 시작했다. 다행히도 토끼가 울타리 아래로 난 커다란 굴 안으로 쏙 들어가는 모습이 눈에 들어왔다.

앨리스는 바깥으로 다시 나올 수 있을까 하는 생각 따윈 아예 없이 토끼를 따라 무작정 굴로 뛰어들었다.

터널같이 길게 쭉 이어지던 토끼 굴이 어느 순간 느닷없이 아래로 푹 꺼졌다. 앨리스는 어떻게 멈출 틈도 없이 깊고 깊은 굴 속으로 떨어져 버렸다.

굴이 너무 깊은 건지 떨어지는 속도가 너무 느린 건지, 앨리스는 주변을 살피며 다음엔 무슨 일이 일어날까 궁금해할 여유가 있었다. 앨리스는 먼저 어디로 떨어지는지 알고 싶어서 아래를 내려다보려 했지만 너무 깜깜해서 아무것도 보이지 않았다. 그래서 이번엔 벽 쪽을 보았는데, 찬장과 책장이 빽빽하게 들어찬데다 여기저기 지도와 그림들이 못에 걸려 있었다. 앨리스는 찬장에서 단지 하나를 빼들었다. 단지에는 '오렌지 잼'이라는 딱지가 붙어 있긴 했지만 아쉽게도 속은 비어 있었다. 앨리스는 단지를 그냥 떨어뜨리면 혹시 누가 맞아 죽지나 않을까 싶어 아래로 떨어지다가 지나치던 찬장 하나에 가까스로 단지를 밀어 넣었다.

앨리스는 속으로 생각했다.

'와!
이렇게 한 번 떨어지고 나면 계단에서 굴러 떨어지는
일쯤은 아무것도 아니겠는걸! 가족들이 얼마나
용감하다고 생각할까! 이젠 지붕에서 떨어져도
찍 소리 하나 안 내야지!'

(그건 정말 그럴듯한 생각이었다.)

아래로, 아래로, 아래로. 정말 끝없이 떨어지기만 하려나?

앨리스가 소리 내어 말했다.

"도대체 얼마만큼 내려온 걸까? 지구 중심에 가까워진 게 분명해. 그래, 한 6,000킬로미터쯤 된 거 같은데……." (알다시피 앨리스는 학교 수업 시간에 이런 공부를 한 적이 있었다. 이야기를 들어줄 사람이 없는 탓에 지식을 뽐내기에 그다지 좋은 때는 아니었지만 반복해서 말해 보는 것도 좋은 복습이 될 터였다.)

"그래, 딱 그쯤일 거야. 그럼 위도와 경도는 어떻게 되지?"

(앨리스는 위도와 경도에 대해서는 하나도 몰랐지만 말하기에 꽤나 멋진 말이라는 생각이 들었다.)

앨리스가 다시 입을 열었다.

"이러다 지구를 뚫고 나가는 건 아닐까! 거꾸로 걸어 다니는 사람들 속으로 튀어 나가면 얼마나 재미있을까! 그걸 아마 대축점이라고 하지……. (앨리스는 자기가 듣기에도 틀렸다는 생각이 들었는지 이번에는 듣는 사람이 없는 걸 다행으로 여겼다.) 그래도 나라 이름 정도는 사람들한테 물어봐야겠지. 실례합니다, 아주머니. 여기가 뉴질랜드인가요, 호주인가요? (그러면서 앨리스는 한쪽 발을 뒤로 빼고 무릎을 굽혀 인사를 하려고 했다. 공중에서 떨어지면서 그러는 모습을 상상해 보라! 그게 될 법한 일인지!) 하지만 그런 걸 묻는다고 날 바보라고 생각하면 어쩌지? 아냐, 절대로 물어보지 않을래. 어딘가 나라 이름이 적혀 있을지도 몰라."

아래로, 아래로, 아래로. 앨리스는 별로 할 일도 없어서 다시 혼자 떠들기 시작했다.

"오늘 밤 다이너가 날 무척 보고 싶어 하겠지!"

(다이너는 고양이다.)

"간식 시간에 식구들이 다이너에게 우유를 챙겨 줘야 할 텐데. 귀여운 다이너! 지금 옆에 있다면 얼마나 좋을까! 공중에는 쥐가 살지 않는 게 좀 걸리긴 하지만 박쥐를 잡으면 될 거야. 쥐랑 비슷한 구석이 많으니까. 근데 고양이가 박쥐를 먹긴 하나?"

졸음이 밀려오기 시작한 앨리스가 꿈결인 듯 혼자 계속 꿍얼거렸다.

"고양이가 박쥐를 먹을까? 고양이가 박쥐를 먹을까?"

그러다 이따금 이렇게도 중얼거렸다.

"박쥐는 고양이를 먹을까?"

어차피 둘 다 답할 수 없는 문제라 어떤 식으로 묻든 마찬가지긴 했다. 앨리스는 어렴풋이 자기가 졸고 있다는 느낌이 들었고 어느새 다이너의 손을 잡고 산책하는 꿈에 빠진 채 진지하게 묻고 있었다.

"자, 다이너, 솔직하게 말해 줘. 너 박쥐 먹어 본 적 있니?"

그때 갑자기 쿵! 소리를 내며 앨리스의 몸이 나뭇가지와 마른 잎 더미 위로 떨어졌다. 이제야 멈추게 된 것이다.

앨리스는 조금도 다친 데가 없었으므로 곧바로 벌떡 몸을 일으켰다. 위를 쳐다보니 온통 까맣기만 했다. 앞쪽으로 또 다른 통로가 길게 이어져 있고 흰 토끼가 허둥지둥 내려가는 모습이 보였다. 우물쭈물할 시간이 없었다. 앨리스는 바람처럼 내달리다 때마침 모퉁이를 돌던 토끼가 이렇게 말하는 소리를 들었다.

"오, 내 귀와 수염아, 너무 늦겠어!"

앨리스는 토끼의 뒤를 바짝 쫓았다. 하지만 모퉁이를 돌자 토끼의 모습이 온데간데없이 사라졌다. 앨리스는 천장이 낮은 기다란 복도에 덩그렇게 혼자 남겨지고 말았다. 천장에 길게 한 줄로 매달린 등불들이 복도를 비추고 있었다.

복도를 빙 둘러 문이 여러 개 나 있긴 했지만 모두 잠긴 채였다. 앨리스는 복도 끝에서 끝까지 문이란 문은 모조리 다 열어 보고는 풀이 죽은 채 복도 중간으로 돌아와 어떻게 하면 다시 나갈 수 있을까, 궁리했다.

그때 갑자기 온통 유리로 된 작은 세 발 탁자가 눈에 들어왔다.

탁자 위에는 작은 황금열쇠 하나가 달랑 놓여 있었다. 열쇠를 본 순간 앨리스는 이 열쇠가 여기 있는 문들 중 하나와 맞을지도 모른다는 생각이 들었다. 하지만 이를 어쩌나! 하나같이 자물쇠가 너무 크거나 열쇠가 턱없이 작은 탓에 어떤 문도 열리지 않았다. 다시 한 번 돌아보던 앨리스는 아까는 미처 못 보고 지나쳤던 작은 커튼을 발견했다. 커튼 뒤로 30센티미터가 조금 넘는 작은 문이 있었다. 앨리스가 자물쇠에 황금열쇠를 끼워 넣자 기쁘게도 꼭 들어맞는 것이 아닌가!

문을 열자 쥐구멍만 한 작은 통로가 나왔다. 무릎을 꿇고 엎드려 들여다보니 한 번도 본 적이 없는 아름다운 정원이 펼쳐졌다. 앨리스는 어두침침한 복도를 벗어나서 화사한 꽃 화단과 시원한 분수 사이를 거닐고 싶은 마음이 간절했다. 하지만 그 문으로는 머리 하나도 통과하기 힘들 지경이었다. 앨리스는 생각했다.

'머리는 들어가도 어깨가 걸리면 무슨 소용이야. 아, 망원경처럼 몸을 접을 수 있으면 얼마나 좋을까! 처음 시작하는 방법만 알면 어떻게 될 것도 같은데.'

워낙에 희한한 일을 많이 겪다 보니 앨리스는 이제 실제로 안 되는 일은 거의 없다고 믿게 되었다.

작은 문가에서 기다려 봤자 뾰족한 수가 없겠다는 생각이 든 앨리스는 탁자 위에 혹시 다른 열쇠가 있지 않을까, 아니면 사람을 망원경처럼 접는 법을 쓴 책이라도 있지 않을까 하는 기대 로 다시 탁자로 돌아왔다. 그러자 이번엔 탁자 위에 놓인 작은 병 하나가 눈에 들어 왔다. ("아까는 분명 없었는데." 하고 앨리스는 중얼거렸다.) 병에는 '날 마셔요.' 라는 큼직한 글자 가 멋지게 적힌 종이표가 달려 있었다.

'날 마셔요.'란 말은 마셔도 좋다는 말이긴 했다. 하지만 영리한 앨리스는 서두르지 않았다.

"안 돼, 먼저 '독성'이라는 표시가 있는지부터 살펴봐야 해."

앨리스는 화상을 입거나 사나운 짐승이나 괴물에게 잡아먹힌 아이들에 관한 이야기를 책에서 몇 번 읽은 적이 있었다. 그게 다 친구들이 일러 준 간단한 규칙을 잊어버린 탓이었다. 뜨겁게 달궈진 포크를 오래 잡고 있으면 덴다든가, 칼을 너무 가까이 하면 손가락을 벤다든가 하는 사실들 말이다. 그래서 앨리스는 '독성'이라고 쓰인 걸 많이 마시면 분명 탈이 난다는 사실을 똑똑히 기억하고 있었다.

하지만 이 병엔 '독성'이라는 표시가 없었으므로 앨리스는 용기를 내어 살짝 맛을 보았다. 그리고 맛이 어찌나 좋던지 (체리파이와 커스터드, 파인애플, 칠면조 구이, 바삭바삭한 토피 사탕과 버터를 발라 따끈따끈하게 구운 토스트가 뒤섞인 그런 맛이었다.) 앨리스는 눈 깜짝할 사이에 그 병을 다 비워 버렸다.

* * *

"기분이 이상하네! 내 몸이 망원경처럼 접혀 작아지는 것 같아."

앨리스가 말했다.

정말 그랬다. 이제 앨리스의 키는 30센티미터도 안 될 정도로 작아졌다. 작은 문을 통과해 예쁜 정원으로 들어가기에 딱 좋은 크기가 되었다는 생각에 앨리스의 얼굴이 환해졌다. 하지만 일단은 몸이 더 줄어들지 않나 보려고 잠시 기다렸다. 앨리스는 약간 불안한 마음이 들었다.

"이러다간 양초가 불에 녹듯 내 몸이 완전히 없어질지도 몰라. 그러면 난 어떻게 될까?"

하지만 그런 걸 본 기억이 없었으므로 초가 다 타고 난 후 불꽃이 어떻게 되는지 머릿속으로 상상해 보려고 애썼다.

잠시 후 더 이상 아무 변화가 없자 앨리스는 바로 정원으로 들어가기로 마음먹었다. 하지만 이렇게 딱할 데가! 문까지 다 와서야 깜박 잊고 황금열쇠를 두고 왔다는 생각이 났던 것이다. 할 수 없이 다시 탁자로 되돌아 가보니 이젠 그 위까지 손이 닿지 않았다. 열쇠가 탁자 유리를 통해 훤히 보였다. 앨리스는 탁자다리를 잡고 있는 힘을 다해 기어오르려 했지만 다리가 너무 미끄러웠다. 몇 번이나 안간힘을 쓰다가 지쳐 버린 앨리스는 가엾게도 바닥에 주저앉아 울음을 터뜨렸다.

앨리스는 자신을 심하게 다그쳤다.

"그만 해, 그렇게 울어 봤자 아무 소용없어! 어서 뚝 그치란 말이야"

앨리스는 평소 자신에게 충고를 잘하는 편이었는데, (충고를 따르는 일은 거의 없었지만) 어떨 때는 너무 심하게 야단을 치는 바람에 눈물이 찔끔 날 정도였다. 언젠가 한번은 혼자서 크로케 경기를 하다가 속임수를 썼다는 이유로 자기 뺨을 때리려고 한 적도 있었다. 엉뚱한 앨리스는 두 사람인 척 하는 걸 아주 좋아했다.

'하지만 지금은 두 사람 놀이도 다 소용없어! 제대로 한 사람 몫을 해내기에도 빠듯한걸.'

가엾은 앨리스는 생각했다.

그때 앨리스의 시선이 탁자 밑에 놓인 작은 유리 상자에 가 닿았다. 앨리스가 상자를 열자 아주 조그만 케이크가 나왔는데, 케이크 위에는 건포도로 '날 먹어요.'라는 글이 멋지게 장식되어 있었다.

앨리스가 말했다.

"그렇다면 한번 먹어 봐야지. 몸이 커지면 열쇠에 손이 닿을 거고, 작아지면 문 밑으로 기어 들어갈 수 있을 거야. 어느 쪽이든 정원으로 들어가기만 한다면 아무래도 상관없어!"

앨리스는 케이크를 조금 떼어 먹은 다음 걱정스레 중얼거렸다.

"커질까? 작아질까?"

앨리스는 어느 쪽인지 가늠해 보려고 머리 위에 손을 얹어
보았지만 놀랍게도 키는 여전히 그대로였다. 사실 사람이 케이크
를 먹으면 아무 일도 일어나지 않는 게 정상이다. 하지만 신기한
일에 익숙해질 대로 익숙해진 앨리스에게 평범한 일은 그저 재미없
고 시시하기만 했다.

그래서 앨리스는 다시 케이크를 집어 들고 순식간에 다 먹어
치워 버렸다.

* * *

2. 눈물 웅덩이

"갈수록 요상스럽군!"

앨리스가 소리쳤다. (너무 놀란 나머지 앨리스는 제대로 말하는 법까지도 잊어버렸다.)

"이제는 세상에서 제일 큰 망원경처럼 몸이 쭉쭉 늘어나고 있잖아! 안녕, 내 발아!" (앨리스가 내려다보니 발이 너무 멀어져 거의 보이지 않을 정도였다.)

앨리스는 속으로 생각했다.

'아, 불쌍한 내 작은 발들, 앞으로 누가 너희들에게 양말과 신발을 신겨 주지? 난 이제 해줄 수가 없는데! 이렇게나 멀리 떨어져 있으니 말이야. 이제 너희들이 잘 알아서 하렴.'

앨리스는 속으로 생각했다.

'그래도 친절하게 대하긴 해야겠지. 안 그러면 내 발들이 내가 가고 싶은 곳으로 안 가려 할지도 몰라! 그래, 크리스마스 때마다 새 신발을 사주도록 하자.'

그러고는 선물을 어떻게 주나 곰곰이 생각했다.

'아무래도 우편배달이 낫겠어. 자기 발에게 선물을 보내다니 얼마나 우스울까! 받는 주소는 또 얼마나 이상할는지!'

벽난로 앞 깔개 위
앨리스의 오른발 귀하.

사랑하는 앨리스가.

'이런, 도대체 내가 무슨 소릴 하고 있는 거야!'

바로 그 순간 앨리스의 머리가 천장에 쿵 하고 부딪혔다. 이제 앨리스의 키는 거의 3미터에 달했다. 앨리스는 곧장 황금 열쇠를 집어 들고 정원으로 난 문을 향해 급하게 달렸다.

하지만 가엾기도 하지! 앨리스가 할 수 있는 일이라곤 옆으로 몸을 눕힌 채 한쪽 눈으로 정원 안을 바라보는 게 다였다. 따라서 문을 통과하는 일은 그전보다 훨씬 어려워졌다. 앨리스는 바닥에 주저앉아 다시 눈물을 쏟기 시작했다.

"너같이 다 큰 애가 (앨리스가 그렇게 말할 만도 했다.) 이렇게 계속 울다니 창피한 줄 알아! 당장 그쳐, 뚝!"

그러나 앨리스는 눈물을 그치지 않았다. 어찌나 많이 흘렸던지 앨리스 주위로 깊이가 10센티미터쯤 되고 복도의 중간까지 올라오는 큰 웅덩이가 생겼다.

잠시 후 어디선가 톡톡톡 뛰어가는 발소리가 어렴풋이 들려왔다. 앨리스는 누가 오나 보려고 얼른 눈물을 닦았다. 멋지게 차려입은 흰 토끼가 한 손에 새끼염소 가죽으로 만든 하얀색 장갑 한 켤레를, 다른 손엔 커다란 부채를 든 채 되돌아오고 있었다. 토끼는 급하게 종종걸음을 치며 혼자 중얼거렸다.

"아! 공작부인, 공작부인! 늦게 가면 펄펄 뛰실 텐데!"

앨리스는 너무 절망에 빠진 나머지 아무나 붙잡고 매달리고 싶은 마음이었다. 그래서 토끼가 다가오자 작은 소리로 수줍게 말을 건넸다.

"선생님, 죄송하지만⋯⋯."

소스라치게 놀란 토끼가 장갑과 부채를 떨어뜨리고는 쏜살같이 어둠 속으로 줄행랑을 놓았다.

앨리스는 부채와 장갑을 집어 들고는, 복도가 너무 더워서 계속 부채질을 하며 혼잣소리를 했다.

"세상에나! 오늘은 온통 희한한 일투성이잖아! 어제만 해도 평소와 다르지 않았는데 말이야. 밤사이에 내가 변한 건가? 가만, 오늘 아침 자리에서 일어났을 때 뭐가 좀 달랐나? 기분이 살짝 이상했던 것 같기도 한데. 하지만 내가 정말 변했다면 '도대체 지금의 나는 누군 거지?' 아, 이거야말로 정말 알쏭달쏭한 문제네!"

앨리스는 제 또래 친구들을 떠올리며 자기가 그중 누구로 바뀌어 버렸는지 곰곰이 생각해 보았다.

"에이다는 분명 아니야. 그 앤 긴 곱슬머리이지만 난 전혀 아니거든. 그렇다고 메이블일 리도 없지. 난 모르는 게 없지만 메이블은 아는 게 거의 없잖아! 게다가 그 애는 그 애고, 난 또 나인걸. 그리고⋯⋯. 참 나, 모든 게 뒤죽박죽이야! 내가 아는 걸 잘 기억하고 있는지 한번 시험해 봐야겠다. 가만 있자, 4 곱하기 5는 12, 4 곱하기 6은 13, 4 곱하기 7은⋯⋯. 어라, 이렇게 하다간 20까지 갈 수가 없겠는걸! 하지만 구구단은 별로 중요하지 않아. 지리를 해봐야지. 런던은 파리의 수도, 파리는 로마의 수도, 로마는……. 아냐, 몽땅 다 틀렸어! 틀림없어! 난 메이블이 된 게 분명해! 그럼 이걸 외워 봐야지. '새끼 악어가…….'"

앨리스는 수업 시간인 양 무릎 위에 손을 포개고 시를 외우기 시작했다. 하지만 목이 쉰 듯 목소리는 이상했고 단어들도 다르게 튀어나왔다.

새끼 악어가
반짝이는 꼬리로
나일 강의 물을
황금빛 비늘 위로 쏟아 부어요!

얼마나 기분 좋게 싱글거리는지
얼마나 멋지게 발톱을 뻗었는지
부드럽게 미소 짓는 입으로
작은 물고기들을 맞아들여요!

"분명 이런 내용이 아니었는데."
불쌍한 앨리스의 눈에 다시 눈물이 가득 차올랐다.

"결국 메이블이 되고 말았어. 난 이제 그 좁아터진 집에서 장난감도 없이 살아야 하겠지. 아, 배울 건 또 얼마나 많을까! 안 돼, 결심했어. 만일 메이블로 살아야 한다면 난 그냥 여기서 눌러 살 테야! 사람들이 고개를 들이밀고 '애, 어서 올라와!' 라고 말해도 소용없어. 올려다보며 이렇게만 말해야지. '그런데 제가 누구죠? 먼저 그것부터 말씀해 주세요. 제가 되고 싶은 사람이라면 올라가겠지만, 아니라면 다른 사람이 될 때까지 여기 있을 거예요.' 하지만, 아아!"

앨리스가 갑자기 울음을 터뜨렸다.

"사람들이 고개를 내밀고 쳐다봐 주면 얼마나 좋을까! 여기 혼자 있는 건 너무 지긋지긋해!"

이렇게 말하며 손을 내려다보던 앨리스는 자신이 어느새 토끼의 작고 하얀 가죽 장갑 한 짝을 끼고 있는 걸 보고 화들짝 놀랐다.

앨리스는 생각했다.

'내가 장갑을 어떻게 낀 거지? 다시 몸이 작아지고 있나 봐.'

앨리스는 일어나서 키를 재보려고 탁자로 갔다. 예상했던 대로 키는 이제 60센티미터를 지나 계속해서 빠른 속도로 줄어드는 참이었다. 앨리스는 이내 몸이 줄어드는 이유가 손에 든 부채 때문이라는 사실을 알아채고 얼른 부채를 놓아 버렸다. 하마터면 몸이 완전히 없어질 뻔했다.

"겨우 살았네!"

앨리스는 갑작스런 변화에 잔뜩 겁을 먹긴 했지만 그래도 몸이 남아 있는 게 어딘가 싶어 무척 기뻤다.

"이제 정원으로 가볼까!"

앨리스는 작은 문을 향해 다시 있는 힘을 다해 달렸다. 하지만 이를 어쩌나! 문은 다시 잠겨 버렸고 작은 황금열쇠도 아까처럼 유리탁자 위에 있는 게 아닌가.

가여운 앨리스는 속으로 생각했다.

'갈수록 태산이군. 아까는 이 정도까지 작지는 않았는데, 절대로! 이건 정말 너무해, 너무하다구!'

그 순간 앨리스의 발이 미끄러지는가 싶더니 풍덩! 하는 소리와 함께 소금물 속에 턱까지 잠겨 버렸다. 처음에 앨리스는 바다에 빠졌다고 생각했다.

"그럼 기차를 타고 돌아가야지."

앨리스가 중얼거렸다. (앨리스는 딱 한 번 바닷가에 간 적이 있는 데, 보통 영국 해변들처럼 이동식 탈의실이 여기저기 있고 나무 삽으로 모래를 파는 아이들과 한 줄로 늘어선 민박집 뒤로 기차역이 있었다는 기억에 바닷가는 전부 다 그런 줄로 알았다.) 하지만 앨리스는 그것이 곧 자기의 키가 3미터쯤 커졌을 때 흘렸던 눈물 웅덩이 속이라는 사실을 깨달았다.

"그렇게 펑펑 우는 게 아니었는데!"

눈물 속에서 빠져나오려 허우적대며 앨리스가 말했다.

"너무 울어서 벌을 받는 거야. 내가 흘린 눈물에 빠져 죽다니! 이렇게 이상한 일이 또 있을까! 하지만 오늘은 하나같이 다 이 모양이니."

바로 그때 조금 떨어진 곳에서 무언가 철벅거리는 소리가 들렸다. 앨리스는 무언지 알아보려고 소리 나는 쪽으로 헤엄쳐 갔다. 처음에 앨리스는 그게 해마나 하마일 거라고 생각했다. 하지만 자기 몸이 얼마나 작아졌나를 떠올리고는 곧 그것이 자기처럼 발이 미끄러진 쥐일 뿐이라는 걸 깨달았다. 앨리스는 생각했다.

'쥐한테 말을 걸어 봐도 괜찮을까? 여긴 모든 게 이상하게 돌아가니 쥐가 말을 할지도 모르잖아. 어쨌든 한번 해본다고 손해 볼 건 없겠지.'

그래서 앨리스는 쥐에게 말을 걸었다.

"쥐야, 여기서 나가는 길을 아니?
난 지금 헤엄쳐 다니느라 너무 지쳤거든, 쥐야!"

(앨리스는 이렇게 쥐에게 말을 거는 게 옳다고 생각했다.
쥐와 말을 해본 적은 한 번도 없지만 언젠가 오빠의 라틴어 문법
책에서 '쥐가–쥐의–쥐에게–쥐를–쥐야!' 라고 쓰인 부분을 본
기억이 났기 때문이다.)

쥐는 앨리스를 호기심 어린 눈으로 쳐다보았다. 작은 눈 한쪽을 찡긋하는 듯 보였지만 말은 하지 않았다.

앨리스는 생각했다.

'혹시 영어를 모르는지도 몰라. 정복왕 윌리엄과 함께 건너온 프랑스 쥐인가 봐.'

(앨리스는 알고 있는 역사지식을 다 떠올려 보았지만 언제 일어난 일인지는 알 길이 없었다.)

그래서 앨리스는 이렇게 다시 물었다.

"Ou est ma chatte?"

(위에 마 샤뜨 : 내 고양이는 어디 있니? – 옮긴이)

이 말은 프랑스어 교과서에 나오는 첫 문장이었다. 쥐가 갑자기 물에서 펄쩍 뛰어오르더니 겁에 질려 벌벌 떠는 듯 보였다.

"어머, 미안해!"

앨리스는 자신이 가엾은 동물에게 상처를 준 게 아닌가 싶어 얼른 용서를 빌었다.

"네가 고양이를 싫어한다는 걸 깜박 했어."

쥐가 날카로운 소리로 버럭 화를 냈다.

"당연히 싫지! 네가 나라면 고양이가 좋겠니?"

앨리스가 달래듯 말했다.

"아마 싫겠지. 너무 화내지 마. 네가 아직 우리 집 고양이 다이너를 못 봐서 그래. 그러면 분명 고양이에 대한 생각이 싹 바뀔 텐데 말이야. 얼마나 사랑스럽고 얌전하다구."

앨리스는 웅덩이에서 느릿느릿 헤엄을 치며 반은 혼잣말인 듯 중얼거렸다.

"난롯가에 앉아 기분 좋게 가르랑거리며 발을 핥고 얼굴을 닦곤 해. 안으면 털은 또 얼마나 부드러운지. 그리고 쥐 잡는 데도 선수란다. 어머, 미안!"

쥐가 온몸의 털을 바짝 곤두세우는 걸 보고 앨리스가 다시 소리 쳤다. 이번엔 쥐의 기분이 단단히 상한 듯 했다.

"네가 싫다면 우리 더 이상 다이너 얘기는 하지 말자."

"우리라고!"

쥐가 꼬리 끝까지 파르르 떨며 소리를 질렀다.

"내가 꼭 그런 얘기를 했다는 투잖아! 우리 쥐들은 고양이라면 딱 질색이야. 더럽고 야비하고 천박한 것들이라고! 다시는 내 앞에 서 그 이름조차 들먹이지 마!"

"알았어, 다시는 안 그럴게."

앨리스는 허둥지둥 화제를 바꾸었다.

"그러면 가…… 강아지는 좋아하니?"

쥐가 아무 말이 없자 앨리스가 열을 올리며 얘기했다.

"우리 이웃집에 순한 강아지가 한 마리 있는데 말이야, 너한테 보여 주고 싶어! 작은 눈이 초롱초롱한 테리어종인데, 기다란 갈색 털이 얼마나 멋진지 몰라! 물건을 던지면 주워 오기도 하고, 얌전히 앉아서 밥 달라며 조르기도 하고, 내가 반도 기억 못해서 그렇지, 이것저것 못하는 게 없어. 주인인 농부 아저씨가 그러는데 워낙 쓸모가 많아서 100파운드는 나갈 거래! 쥐도 어찌나 잘 잡는지……, 에구머니나!"

앨리스가 안타까운 듯 소리를 질렀다.

"내가 또 실수를 했네!"

쥐는 벌써 첨벙첨벙거리며 있는 힘을 다해 저만치 헤엄쳐 가는 중이었다.

앨리스가 부드러운 소리로 쥐를 불렀다.

"쥐야! 다시 돌아와. 네가 싫다면 고양이나 개 얘기는 안 할게."

이 소리를 들은 쥐가 몸을 돌리더니 앨리스 쪽으로 천천히 헤엄쳐 왔다. 얼굴이 무척 창백했다. (화가 난 탓이라고 앨리스는 생각했다.) 쥐가 떨리는 목소리로 나지막이 말했다.

"일단 물가 쪽으로 가자. 가서 내 얘기를 들어 보면 내가 왜 그렇게 고양이와 개를 싫어하는지 너도 이해하게 될 테니까."

마침 웅덩이도 물에 빠진 새와 동물들로 북적대던 터라 빠져나가긴 해야 했다. 오리, 도도새 (지금은 멸종된 거위만 한 크기의 날지 못하는 새 – 옮긴이), 앵무새, 새끼 독수리, 그 외에 희한하게 생긴 동물들이 허우적대고 있었다. 앨리스가 앞장을 서자 모두들 기슭을 향해 헤엄쳐 나갔다.

3. 코커스 경주와 긴 이야기

기슭에 모인 동물들의 모습은 꽤나 볼 만했다. 새들은 깃털이 땅에 질질 끌려 엉망이었고 다른 동물들은 털이 몸에 찰싹 달라붙어 있었는데, 다들 물을 뚝뚝 떨어뜨리며 언짢고 못마땅한 기색이었다.

가장 시급한 문제는 어떻게 몸을 말리느냐 하는 거였다. 모두들 문제를 해결하기 위해 진지하게 의견을 나누었다. 얼마 지나지 않아 앨리스는 예전부터 아는 사이인 듯 동물들과 이야기하는 것이 아주 자연스럽게 여겨졌다. 실제로 앨리스는 앵무새와 오랫동안 논쟁을 벌였는데, 결국 앵무새가 샐쭉 토라져서는 이렇게 말했다.

"난 너보다 나이가 많으니까 아는 것도 더 많아."

그러자 앨리스가 앵무새의 나이를 알기 전까진 수긍할 수 없다고 고집을 피웠고, 또 앵무새는 앵무새대로 못 가르쳐 준다며 단호하게 버티는 바람에 그걸로 논쟁은 끝이 났다.

마침내 개중에서 권위가 있어 보이는 쥐가 큰 소리로 외쳤다.

"다들 앉아서 내 말을 들어봐요! 내가 곧 여러분의 몸을 말려 주겠어요!"

이 말을 듣자 모두들 순식간에 쥐를 중심으로 둥그렇게 모여 앉았다. 어서 빨리 몸을 말리지 않으면 독감에 걸릴 것 같아 앨리스는 초조한 마음으로 쥐를 뚫어지게 쳐다보았다.

"에헴!"

드디어 쥐가 거들먹거리며 말문을 열었다.

"다들 준비됐나요? 이건 내가 아는 가장 무미건조한 이야기입니다. 모두 조용히 하세요! '정복자 윌리엄은 로마 교황의 후원 아래 최근 숱한 왕위 찬탈과 정복을 겪으며 지도자를 원하고 있던 영국을 쉽게 손아귀에 넣었습니다. 머시아와 노섬브리아의 백작 에드윈과 모르카는……'"

"어휴."

앵무새가 몸을 떨며 말했다.

"네?"

쥐가 눈살을 찌푸리면서도 아주 정중하게 물었다.

"방금 뭐라고 했나요?"

"아무 말 안 했는데요!"

앵무새가 허둥지둥 대답했다.

"난 또 뭐라고 한 줄 알았네요."

쥐가 말했다.

"그럼 계속 하지요. '머시아와 노섬브리아의 백작 에드윈과 모르카는 윌리엄을 지지했고, 애국심이 투철한 캔터베리 대주교 스티건드조차 그것이 현명한 일임을 알아차리고는⋯⋯.'"

"뭘 알아차렸다고요?"

오리가 물었다.

"그것이요."

쥐가 짜증 섞인 목소리로 대꾸했다.

"물론 그게 뭔지는 아시겠지요?"

"내가 알아차리는 거야 당연히 잘 알죠."

오리가 말했다.

"그건 보통 개구리 아니면 벌레예요. 하지만 제가 묻고 싶은 건 대주교가 무얼 알아차렸느냐 하는 거라고요."

쥐는 이 말에 아무런 대꾸도 하지 않은 채 서둘러 말을 이었다.

"'에드거 황태자와 함께 윌리엄을 만나 왕관을 전하는 게 현명한 일임을 알아차렸습니다. 처음엔 윌리엄도 겸손하게 행동했지요. 하지만 노르만족의 오만함은…….' 이제 몸이 좀 어때?"

쥐가 앨리스를 돌아보며 물었다.

"여전히 축축해. 하나도 마르는 것 같지가 않아."

앨리스가 시무룩하게 대답했다.

이때 도도새가 자리에서 일어나더니 엄숙하게 말했다.

"보다 효과적인 치료법을 즉각 채택하기 위해 휴회를 제안하는 바입니다."

"좀 쉽게 말해요!"

새끼 독수리가 소리쳤다.

"말이 너무 길어서 무슨 뜻인지 반도 모르겠어요. 게다가 당신 말을 어떻게 믿어요!"

새끼 독수리는 웃는 모습을 들키지 않으려고 고개를 숙였다. 몇몇 다른 새들은 아예 대놓고 킥킥거렸다.

"내 말은 몸을 말리는 제일 좋은 방법은 코커스 경주라는 말이에요."

도도새가 언짢은 기색으로 말했다.

"코커스 경주가 뭐예요?"

앨리스가 물었다. 그다지 궁금해서는 아니었다. 다만 도도새가 마치 누군가 말해 주길 기대하듯 입을 다물고 있는데 아무도 내켜하지 않자 앨리스가 나섰을 뿐이었다.

도도새가 입을 뗐다.

"뭐, 제일 좋은 방법은 직접 해보는 거지요." (여러분도 어느 겨울 날 시험해 보고 싶을지 모르니 도도새가 어떻게 했는지 방법을 말해 주겠다.)

도도새는 먼저 둥그렇게 경주로를 그렸다. (도도새는 "조금 비뚤어져도 상관없어." 라고 말했다.) 그런 다음 모두들 선을 따라 여기 저기 자리를 잡고 섰다. 그리고 "하나, 둘, 셋, 출발!" 신호도 없이 각자 내킬 때 달리기 시작했고 또 내킬 때 멈추었다. 따라서 언제 경기가 끝날지 알 길이 없었다.

그러나 30분여를 그렇게 달려 몸이 꽤 마르자
도도새가 갑자기 소리쳤다.
"경주 끝!"
다들 도도새 주변으로 몰려들더니 숨을 헐떡이며 물었다.
"그런데 누가 이겼어요?"

그건 도도새로서도 쉽게 답할 수 있는 문제가 아니었다. 그래서 도도새는 손가락 하나를 이마에 댄 채 한참을 앉아 있었다. (바로 셰익스피어 작품에서 자주 볼 수 있는 그 자세이다.) 다들 잠자코 기다렸다. 마침내 도도새가 입을 열었다.

"모두가 우승자예요. 그러니까 모두 상을 받아야지요."

"하지만 상은 누가 주죠?"

다들 입을 모아 물었다.

"그야, 물론 저 애지요."

도도새가 손가락으로 앨리스를 가리켰다. 그러자 모두들 순식간에 앨리스를 에워싸더니 정신없이 떠들어 댔다.

"상 줘! 상 줘!"

앨리스는 어쩔 줄을 몰랐다. 절망적인 심정으로 주머니에 손을 넣은 앨리스는 사탕 한 봉지를 꺼낸 다음 (소금물에 젖지 않은 게 다행이었다.) 모두에게 상으로 나눠 주었다. 사탕은 정확하게 하나씩 돌아갔다.

"하지만 저 아이도 상을 받아야 하잖아요."

쥐가 말했다.

"물론이지."

도도새가 아주 진지하게 대꾸했다. 그러고는 앨리스를 돌아보며 물었다.

"주머니에 다른 건 없니?"

"골무밖에 없어요."

앨리스가 서글프게 대답했다.

"이리 줘봐."

도도새가 말했다.

그러자 모두들 다시 앨리스 주위로 모여들었고 도도새가 자못 엄숙한 태도로 앨리스에게 골무를 건네며 말했다.

"이 우아한 골무를 받아 주시기 바랍니다."

도도새의 짧은 연설이 끝나자 모두들 환호성을 질렀다.

앨리스는 정말 어처구니없는 짓이라는 생각이 들었지만 다들 너무 진지해 보여 차마 웃지도 못했다. 게다가 마땅히 할 말도 생각나지 않아 그냥 가볍게 인사를 한 후 최대한 심각한 표정을 지으며 골무를 받았다.

다음은 사탕을 먹을 차례였다. 사탕을 먹는 일은 시끌벅적 수선스러웠다. 덩치가 큰 새들은 간에 기별도 가지 않는다며 불평을 해댔고 작은 새들은 사탕이 목에 걸리는 바람에 등을 두드려 줘야 했다. 하지만 어쨌거나 모든 게 끝이 났고 다들 다시 둥글게 모여 앉아 쥐에게 다른 얘기를 해달라고 졸랐다.

"아까 네 얘기 해준다고 약속했잖아."

앨리스가 말문을 열었다. 그리고 쥐의 기분을 또 건드리면 어쩌나 걱정하며 나지막이 덧붙였다.

"네가 '고'와 '강'을 싫어하는 이유에 대해서도 말이야."

"그건 꼬리에 꼬리를 무는 길고도 슬픈 이야기야!"

쥐가 앨리스를 돌아보며 한숨을 쉬었다.

"확실히 꼬리가 길긴 하네."

앨리스는 쥐의 꼬리를 이상하다는 듯 내려다보았다.

"하지만 꼬리가 왜 슬프다는 건데?"

앨리스는 쥐가 이야기를 하는 동안 내내 그 이유를 생각했고 이야기를 이렇게 받아들였다.

사나운 개 퓨어리가 집에서 생쥐와

마주치자 말했네. "우리 같이 법원에

가자. 난 널 고소할 거야. 자, 싫다고

해도 소용없어. 난 오늘 아침에

진짜로 할 일이 없거든."

생쥐가 그 똥개에게 말했네.

"이봐, 형씨! 배심원도 판사도

없는 그런 재판은 말이야,

하나 마나라고."

"내가 판사고

배심원이 되면

되지." 늙고

교활한 퓨어리가

대답했네.

"내가 이 사건을

맡아서 널

사형에

처하고

말 거

야……."

"너, 내 말 안 듣는구나!"

쥐가 앨리스를 엄하게 나무랐다.

"도대체 무슨 생각을 하는 거야?"

"미안해. 꼬리가 다섯 번 휘어진 거 맞지?"

앨리스가 예의 바르게 용서를 구했다.

"아니야!"

쥐가 벌컥 화를 내며 소리쳤다.

"안이라고?"

언제나 남을 돕고 싶어 하는 앨리스가 걱정스레 주변을 둘러보며 말했다.

"그럼 내가 밖으로 가게 해줄게!"

"집어치워! 넌 말도 안 되는 소리로 날 모욕했어!"

쥐는 그렇게 소리치고는 일어나 가버렸다.

"그러려던 게 아니야! 하지만 너도 너무 쉽게 삐치는 거 아니니!"

앨리스가 애처롭게 매달렸다.

쥐는 씩씩대기만 할 뿐 아무 대답이 없었다.

"돌아와서 제발 네 얘기를 마저 해줘!"

앨리스가 뒤에서 소리쳤다. 그러자 다른 동물들도 입을 모아 함께 외쳤다.

"그래, 제발 얘기해줘!"

그러나 쥐는 못 참겠다는 듯 머리를 절레절레 흔들더니 걸음을 더 빨리 할 뿐이었다.

"쯧, 그냥 가버렸네!"

생쥐의 모습이 완전히 사라지자 앵무새가 한숨을 내쉬었다. 늙은 게 한 마리가 이 틈을 놓치지 않고 딸에게 말했다.

"봐라, 애야! 저렇게 화를 못 참으면 안 된단다!"

"됐어요, 엄마! 엄마를 참아 낼 사람이 누가 있다고 그래요!"

딸이 불퉁하게 쏘아붙였다.

"다이너가 여기 있으면 얼마나 좋을까! 그랬다면 쥐를 금방 잡아 왔을 텐데!"

딱히 누구에게랄 것도 없이 앨리스가 큰 소리로 말했다.

"그런데 다이너가 누군지 물어봐도 되니?"

앵무새가 말했다.

앨리스는 다이너에 대해서라면 언제나 자랑할 준비가 되어 있었으므로 신이 나서 대답했다.

"다이너는 우리 집 고양이야. 쥐 잡는 데는 선수지! 참, 새도 얼마나 잘 쫓는지 몰라! 작은 새라면 보자마자 한 입에 꿀꺽 삼켜 버릴걸!"

앨리스의 말에 일대 소란이 일어났다. 몇몇 새들은 당장 자리를 떴다. 늙은 까치 한 마리는 슬그머니 제 몸을 감싸며 말했다.

"이제 집에 가봐야겠어. 밤공기는 목에 안 좋거든!"

카나리아는 떨리는 목소리로 새끼들에게 외쳤다.

"가자, 얘들아! 이제 잘 시간이다!"

다들 이런저런 핑계를 대며 떠나갔고 앨리스는 금세 혼자가 되었다.

"다이너 얘기를 하는 게 아니었는데!"

앨리스가 풀이 죽어 중얼거렸다.

"여기선 아무도 다이너를 좋아하지 않나 봐. 내가 보기엔 세상에서 가장 멋진 고양이인데 말이야! 아, 귀여운 다이너! 내가 널 다시 볼 수나 있을까!"

너무나도 외롭고 우울한 마음에 앨리스의 눈에서는 또다시 눈물이 흘러내렸다. 그런데 잠시 후 저만치서 종종거리는 발자국 소리가 조그맣게 들려왔다. 마음이 바뀐 쥐가 이야기를 마저 하러 돌아오는 게 아닐까 하는 기대감에 앨리스는 고개를 번쩍 들었다.

4. 토끼가 빌을 보내다

　소리의 주인공은 갔던 길을 천천히 되돌아오고 있는 흰 토끼였다. 토끼는 무언가를 잃어버렸는지 걱정스런 낯빛으로 주변을 두리번거리고 있었다. 앨리스는 토끼가 혼자 중얼대는 소리를 들었다.

　"공작부인! 공작부인! 아, 내 사랑스런 발! 내 털과 수염아! 부인은 날 죽이려고 들 거야. 안 봐도 훤해! 도대체 어디다 떨어뜨린 거지?"

　앨리스는 이내 토끼가 부채와 흰 가죽장갑을 찾고 있다는 걸 알아채고는 마음씨 착하게도 이리저리 찾아보기 시작했다. 하지만 부채와 장갑은 어디에도 보이지 않았다. 눈물 웅덩이에서 허우적대던

때부터 모든 게 다 바뀌어 버린 건지 유리탁자와 작은 문이 있던 긴 복도도 감쪽같이 사라지고 없었다.

곧 토끼가 주변을 뒤적거리던 앨리스를 발견하고는 화난 소리로 고함을 질렀다.

"아니, 메리 앤, 여기서 뭐하는 거야? 어서 집에 가서 내 장갑이랑 부채 안 가져오고! 서둘러, 당장!"

앨리스는 너무 놀란 나머지 토끼가 착각하고 있다고 설명할 틈도 없이 그 길로 토끼가 가리킨 쪽을 향해 냅다 뛰었다.

"내가 자기 하녀인 줄 아나 봐."

앨리스는 달리며 중얼거렸다.

"내가 누군지 알면 얼마나 놀랄까! 하지만 일단은 토끼에게 부채와 장갑을 갖다 주는 게 좋겠어. 내가 찾을 수 있다면 말이지."

그 말이 끝나기가 무섭게 앨리스는 작고 아담한 집에 다다랐다. 문 위에는 '흰 토끼'라고 새겨진 번쩍이는 놋쇠 문패가 달려 있었다. 앨리스는 부채와 장갑을 찾기도 전에 진짜 메리 앤을 만나서 쫓겨 나면 어쩌나 걱정이 되었다. 그래서 문도 두드리지 않고 그냥 집으로 들어간 다음 서둘러 위층으로 올라갔다.

"토끼 심부름을 하다니 정말 어이가 없군! 다음번엔 다이너까지 내게 심부름을 시키는 건 아닌지 몰라."

그러면서 앨리스는 앞으로 일어날 일을 상상하기 시작했다.

"'앨리스 아가씨! 어서 와서 산책 나갈 준비하세요!', '금방 가요, 유모! 하지만 다이너가 돌아올 때까지 쥐가 도망치지 못하도록 쥐구멍을 지켜야 하는걸요.'"

앨리스는 계속 생각했다.

'다이너가 그런 식으로 사람들에게 명령을 하다간 집에서 쫓겨나고 말 거야!'

그때 앨리스는 창가에 탁자가 놓인 작은 방으로 들어선 참이었다. 탁자 위에 (앨리스가 바란 대로) 부채 하나와 조그맣고 하얀 가죽장갑 두세 켤레가 놓여 있는 게 보였다. 앨리스가 부채와 장갑 한 켤레를 집어 들고 막 방을 나오려는데 거울 근처에 놓인 작은 병 하나가 눈에 띄었다. 이번엔 '날 마셔요.'와 같은 표시가 없었는데도 앨리스는 병마개를 열고 입으로 가져갔다.

"내가 뭔가 먹거나 마시기만 하면 재미난 일이 일어나잖아? 그러니 이 병도 확인을 해봐야겠어. 다시 자라게 해준다면 얼마나 좋을까. 이렇게 작은 몸으로 있는 건 정말이지 너무 지긋지긋해!"

앨리스의 바람이 정말 이루어졌다. 그것도 기대보다 훨씬 빨리. 채 반도 마시기 전에 앨리스의 머리는 천장에 닿아 짓눌렸고 목이 부러지지 않게 고개를 수그려야만 했다. 앨리스가 얼른 병을 내려놓으며 중얼거렸다.

"이 정도면 됐어. 더 이상 커지면 안 되는데. 이러다간 저 문으로 나가지도 못한단 말이야. 이렇게 많이 마시는 게 아니었는데!"

다행히도 작은 병의 마법이 다 끝났는지 앨리스의 몸은 더 이상 커지지 않았다. 하지만 자세는 여전히 불편했고 방을 빠져나갈 가망 같은 건 아예 없어 보였다. 이런 형편이니 앨리스의 기분이 엉망인 것도 무리는 아니었다.

불쌍한 앨리스는 생각했다.

'집에 있을 때가 훨씬 좋았어. 계속 커졌다 작아졌다 하지도 않고 쥐나 토끼가 이래라저래라 하지도 않았잖아. 토끼 굴로 들어오는 게 아니었어. 하지만 그렇긴 해도……,

이렇게 사는 게 더 재미있잖아!
나한테 벌어질 일들이 너무 궁금하단 말이야!
동화책을 읽을 때마다
그런 건 동화 속에서나
일어나는 일이라고 생각했었는데
이제 그 일을 내가 겪고 있는 거잖아!

나에 대한 책이 있어야 해. 그렇고말고! 내가 크면 꼭 한 권 써야지. 하지만 난 지금도 이렇게나 큰걸.'

그러고는 서글픈 소리로 덧붙였다.

"적어도 여기서는 더 이상 못 클 정도로."

앨리스는 생각했다.

'지금보다 더 나이를 먹지 않는다? 생각해 보니 좋은 면도 있긴 해. 할머니가 될 일은 없을 테니 말이야. 하지만 계속 공부를 해야 하잖아! 으, 그건 정말 싫어!'

"이런 멍청이!"

앨리스가 스스로를 나무랐다.

"여기서 어떻게 공부를 하니? 네 몸 하나로도 벅찬데 책을 어디다 놓는다고!"

이렇게 앨리스는 혼자서 대화를 주고받았다. 그러다 밖에서 무슨 소리가 들려오자 입을 다물고 귀를 기울였다.

"메리 앤! 메리 앤!"

어떤 목소리가 불렀다.

"얼른 내 장갑 가져와!"

그러더니 충계를 뛰어오르는 발자국 소리가 작게 들렸다. 앨리스는 토끼가 자신을 찾으러 왔다는 걸 알고는 집이 흔들릴 정도로 몸을 떨었다. 자기가 토끼보다 천 배는 더 크다는 사실을 까맣게 잊었던 것이다. 이젠 토끼를 겁낼 이유가 전혀 없었다.

이윽고 문 앞에 이른 토끼가 문을 열려고 했다. 하지만 안쪽으로 열리는 문은 앨리스의 팔꿈치가 꾹 누르고 있는 탓에 꿈쩍도 하지 않았다. 앨리스는 토끼가 혼자 중얼거리는 소리를 들었다.

"빙 돌아서 창문으로 들어가야겠다."

'그렇게는 안 될걸!'

앨리스가 속으로 별렀다. 그리고 잠시 후 창문 바로 아래서 토끼의 기척이 느껴지자 갑자기 손을 쫙 펼치고는 허공을 움켜쥐었다. 아무것도 손에 잡히진 않았지만 꺅 하는 낮은 비명과 함께 쿵 하고 떨어지는 소리, 와장창 유리 깨지는 소리가 들렸다. 그래서 앨리스는 토끼가 아마 오이를 키우는 온실 같은 데 떨어졌나 보다, 하고 생각했다.

곧이어 토끼의 화난 목소리가 들려왔다.

"패트! 패트! 어디 있는 거야?"

그러자 앨리스가 처음 들어 보는 목소리가 대답했다.

"여기 있습니다! 사과를 캐고 있습니다요, 나리!"

"사과를 캔다고, 나 참!"

토끼가 화를 내며 말했다.

"이 봐! 여기 와서 나 좀 꺼내 줘!"

(또다시 유리 깨지는 소리.)

"패트, 자네가 한번 말해 봐. 창문 안에 있는 저게 대체 뭐야?"

"폴인뎁쇼, 나리."(패트는 팔을 폴이라고 말했다.)

"팔이라고, 이런 덜떨어진! 저렇게 큰 팔 본 적 있어? 창문에 꽉 찼잖아!"

"그게 그렇긴 하네요, 나리. 하지만 그래도 팔은 팔인뎁쇼."

"뭐, 어쨌든 저런 게 저기 있으면 안 돼. 얼른 가서 치워!"

그러곤 한동안 아무 소리도 들리지 않았다. "싫습니다요, 나리. 안 해요, 안 한다고요!"라든가 "시키는 대로 해, 이 겁쟁이야!" 같이 수군대는 소리만 간간이 들렸을 뿐. 결국 앨리스는 다시 한 번 손을 쫙 벌려 허공을 헤집었다. 이번에는 두 명이 내지르는 비명과 함께 유리 깨지는 소리가 더 크게 났다.

앨리스는 생각했다.

"오이 온실이 꽤 많은가 봐! 다음엔 또 무슨 짓을 하려나? 창문 밖으로 끌어내 준다면야 더 이상 바랄 게 없겠는데! 나도 정말이지 더는 여기 있고 싶지 않다구!"

밖에서 아무 소리도 들려오지 않자 앨리스는 한동안 기다렸다. 마침내 작은 수레바퀴 구르는 소리가 나더니 여럿이 와자지껄 떠드는 소리가 들렸다.

"사다리 하나는 어디 있지?"

"글쎄, 난 이거밖에 안 가져왔는데. 빌이 가지고 있겠지."

"빌! 사다리 이리 가져와, 친구!"

"여기, 이쪽 구석에 세워."

"아니, 먼저 한데 묶어야지."

"아직 반도 안 닿네."

"그래, 이젠 되겠다. 적당히 해."

"이봐, 빌! 이 밧줄 잡아."

"지붕이 잘 견뎌 낼까?"

"저 석판 엉성하니까 조심해."

"어, 떨어진다! 머리 숙여! (와장창 깨지는 소리.)"

"누가 그랬어?"

"빌일걸."

"굴뚝은 누가 내려가지?"

"아니, 난 싫어. 네가 해!"

"나도 안 해!"

"빌이 내려가면 되겠네."

"이 봐, 빌! 주인님이 너더러 내려가래!"

잠자코 있던 앨리스가 중얼거렸다.

"그러니까 빌이 굴뚝을 타고 내려온다, 이 말이지? 흥, 다들 뭐든지 빌한테만 떠넘기는군! 난 절대로 빌 같은 사람은 되지 말아야지. 벽난로가 확실히 좁긴 좁네. 그래도 발차기 정도는 할 수 있겠지!"

앨리스는 최대한 굴뚝 아래로 발을 당겨 오므린 채 작은 동물(어떤 동물인지는 짐작되지 않았다.)이 굴뚝 벽을 할퀴며 기어 내려오는 소리가 가까워지길 기다렸다. 그러다 "빌이다." 하고 한 마디 내뱉고는 발길질을 한 방 세게 날렸다. 그러고는 무슨 일이 벌어지나 가만히 기다렸다.

처음엔 여럿이 동시에 외치는 소리가 들렸다.

"빌이 날아간다!"

다음엔 토끼가 외쳤다.

"울타리 옆에 있는 자네들, 어서 빌을 받아!"

그러고는 조용. 그러다 다시 웅성거리는 소리가 들렸다.

"머리를 받쳐."

"이제 브랜디 좀 줘봐."

"숨 막히지 않게 조심하고."

"이 친구야, 어떻게 된 거야? 무슨 일이야? 자세히 말 좀 해봐!"

마지막으로 낑낑대는 소리가 가냘프게 들려왔다. ('빌이로군.'
앨리스는 생각했다.) "글쎄, 그게 저도 잘 모르겠어요. 이제 됐어요.
고마워요. 많이 좋아졌어요. 하지만 워낙 정신이 없어서 뭐라 해야
할지 모르겠어요. 인형이 튀어나오는 장난감같이 뭐가 불쑥 나오더니
내가 로켓처럼 하늘로 날았으니까요!"

"정말 그랬다니까, 이 친구야!"

다른 목소리들이 맞장구를 쳤다.

"집을 태워 버려야겠어!"

토끼가 말했다. 그러자 앨리스가 있는 대로 고함을 질렀다.

"그러기만 해봐. 다이너를 시켜서 혼을 내줄 테니!"

순간 찬물을 끼얹은 듯 주위가 조용해졌다.

앨리스는 생각했다.

'또 무슨 짓을 꾸미는 걸까? 생각이 조금이라도 있다면 지붕을 걷어 낼 텐데.'

잠시 후 다시 움직이는 소리가 들리더니 토끼의 목소리가 이어졌다.

"우선 손수레 한 대면 될 거야."

앨리스는 생각했다.

'웬 손수레?'

하지만 길게 생각할 틈도 없었다. 작은 돌들이 소나기처럼 창문으로 와르르 쏟아져 들어왔던 것이다. 그중 몇 개는 앨리스의 얼굴을 때렸다.

앨리스가 중얼거렸다.

"가만있으면 안 되겠어."

그러고는 버럭 소리를 질렀다.

"그만두는 게 좋을 거야!"

또다시 주위가 쥐 죽은 듯 조용해졌다.

바닥을 보던 앨리스는 돌들이 모두 작은 케이크로 변한 걸 알고 깜짝 놀랐다. 곧 그럴듯한 생각이 머리를 스쳤다.

"이 케이크를 먹으면 분명히 내 키가 변할 거야. 더 커질 가능성은 없으니 작아지기밖에 더 하겠어."

그래서 앨리스는 케이크를 한 조각 먹었고 곧바로 몸이 줄어들기 시작하자 신이 났다. 문을 빠져나갈 만큼 작아지자 앨리스는 집 밖으로 뛰쳐나갔다. 밖에는 작은 동물들과 새들이 모여 있었다. 불쌍한 꼬마 도마뱀 빌이 가운데서 기니피그 두 마리의 부축을 받은 채 병에 든 걸 받아먹는 중이었다. 그러다 앨리스가 나타나자 모두들 우르르 몰려들었다. 앨리스는 죽을힘을 다해 도망을 쳤고 울창한 숲에 이르러서야 겨우 마음을 놓았다.

나무 사이를 이리저리 헤매 다니며 앨리스가 중얼거렸다.

"우선 원래 내 키로 돌아가야 해. 그런 다음 아름다운 정원으로 가는 길을 찾아야지. 그게 가장 좋은 방법이야."

그것은 확실히 멋진 계획이었고 군더더기 없이 간단한 방법 같았다. 단 한 가지 문제가 있다면 어떻게 시작해야 할지 감이 전혀 안 잡힌다는 점이었다. 앨리스가 걱정스런 마음으로 나무 사이를 빠끔 내다보고 있는데 바로 머리 위에서 작지만 날카롭게 짖는 소리가 났다. 앨리스는 얼른 고개를 들었다.

크고 둥근 눈에 덩치가 산만 한 강아지 한 마리가 앨리스를 내려다보며 앞발로 슬쩍 건들려고 했다.

"가엾기도 하지!"

앨리스는 달래듯 말했다. 그러고는 휘파람을 불어 주려고 했다. 하지만 강아지가 배가 고플지도 모른다는 생각이 들자 와락 겁이 났다. 만약 그렇다면 아무리 구슬린다 한들 잡아먹으려 들지도 모를 일이었다.

앨리스는 자기도 모르게 작은 나뭇가지 하나를 집어 들고 강아지를 향해 내밀었다. 그러자 강아지는 좋아서 펄쩍 뛰어오르더니 컹컹대며 나뭇가지로 달려들었다. 앨리스는 깔리지 않으려고 잽싸게 커다란 엉겅퀴 뒤로 몸을 피했다. 앨리스가 다른 쪽에서 모습을 드러내자 강아지는 나뭇가지를 향해 다시 달려들었고 급하게 붙잡으려다 그만 나동그라졌다. 앨리스는 짐마차를 끄는 말과 장난을 치는 기분으로 강아지 발에 짓밟힐 것 같으면 매번 엉겅퀴 더미로 뛰어들었다. 그러자 강아지는 앞으로 조금 달려왔다 뒤로 멀찍이 물러나기를 반복하며 내내 목이 쉬도록 짖어댔다. 그러다 결국엔 혀를 쭉 빼물고 숨을 헐떡이며 커다란 눈을 반쯤 감은 채 저만치 풀썩 주저앉았다.

도망치기에는 더할 나위 없는 순간이었다. 앨리스는 바로 줄행랑을 쳤다. 개 짖는 소리가 희미하게 들려올 때까지 숨이 턱에 닿을 만큼 달렸다.

"그래도 정말 귀여운 강아지였어!"

앨리스는 미나리아재비에 기대 쉬면서 이파리로 부채질을 했다.

"여러 가지 재주를 가르쳤어야 했는데. 내가……, 내 키만 원래대로였대도! 어머! 그러고 보니 내가 다시 커져야 한다는 사실을 잊고 있었네! 가만 있자, 어떻게 하면 되지? 무언가 먹거나 마셔야 할 것 같은데. 도대체 무얼 먹나?"

가장 큰 문제는 확실히 무얼 먹느냐 하는 거였다. 주변에 있는 꽃과 풀잎들을 훑어보아도 이런 상황에서 마땅히 먹거나 마실 만한 것은 눈에 띄지 않았다. 근처에 앨리스 키 높이만 한 커다란 버섯이 하나 있긴 했다. 버섯 밑동이며 옆이며 뒤를 이리저리 살펴보던 앨리스는 문득 꼭대기에는 뭐가 있을까 궁금해졌다.

까치발로 버섯 가장자리를 넘겨다보던 앨리스는 덩치가 큰 파란색 애벌레와 눈이 딱 마주쳤다. 애벌레는 팔짱을 낀 채 꼭대기에 앉아 있었는데, 앨리스든 뭐든 아무 관심 없다는 표정으로 기다란 관이 달린 물담배를 뻐끔거리고 있었다.

5. 애벌레의 충고

애벌레와 앨리스는 한동안 말없이 서로를 바라보았다. 마침내 애벌레가 입에서 물담배를 빼고는 나른하고 졸린 목소리로 말을 걸었다.

"넌 누구니?"

애벌레가 물었다.

대화를 시작하기에 그다지 좋은 질문은 아니었다. 앨리스는 조금 수줍어하며 대답했다.

"저, 지금은 저도 잘 모르겠어요. 오늘 아침에 일어났을 때만 해도 알았는데, 그 뒤로는 여러 번 바뀐 것 같거든요."

"그게 도대체 무슨 말이야? 알아듣게 말을 해!"

애벌레가 엄하게 말했다.

"저도 어떻게 설명을 못하겠어요. 아시다시피 전 제가 아니거든요."

앨리스가 대꾸했다.

"난 모르겠는데."

애벌레가 말했다.

"더 자세하게 말씀 못 드려 죄송해요. 솔직히 저부터도 이해가 안 되니까요. 하루에 몇 번이나 커졌다 줄었다 하니 얼마나 정신이 없겠어요."

앨리스가 아주 정중하게 대답했다.

"그렇지 않아."

애벌레가 대꾸했다.

"어쩌면 아직까지는 모르실 수도 있어요. 하지만 아시다시피 아저씨도 언젠가는 번데기로 변하고 다음에 또 나비가 되면 좀 어리둥절하지 않을까요?"

"천만에."

"기분이 묘할 거예요. 저는 기분이 말도 못하게 이상했거든요."

앨리스가 말했다.

"그래, 너 말이야! 네가 누구냐니까?"

애벌레가 거만하게 말했다.

결국 대화는 다시 처음으로 돌아가고 말았다. 애벌레의 간단 간단한 대꾸에 약간 짜증이 난 앨리스는 몸을 곧추 세운 다음 아주 진지하게 말했다.

"먼저 아저씨가 누구인지부터 말씀해 주셔야 할 것 같은데요."

"왜?"

애벌레가 물었다.

또 대답하기 애매한 질문이 돌아왔다. 앨리스는 딱히 이렇다 할 이유도 떠오르지 않고 애벌레 기분도 몹시 언짢아 보여서 그냥 외면하고 돌아서 버렸다.

　"돌아와!"

　애벌레가 뒤에서 소리쳤다.

　"중요하게 해줄 말이 있어!"

　분명 귀가 솔깃해질 만한 소리였다. 앨리스는 몸을 돌려 애벌레에게 돌아왔다.

　"화를 참아."

　애벌레가 말했다.

　"그게 다예요?"

　앨리스가 부글부글 올라오는 화를 겨우 삼키며 물었다.

　"아니."

　애벌레가 대답했다.

　앨리스는 별로 할 일도 없었고 어쩌면 애벌레가 도움이 될 만한 얘기를 해줄지도 모른다는 생각에 일단 기다려 보기로 했다. 한동안 말없이 뻐끔뻐끔 담배만 피우던 애벌레가 마침내 팔짱을 풀고 물담배를 입에서 빼들더니 이렇게 말했다.

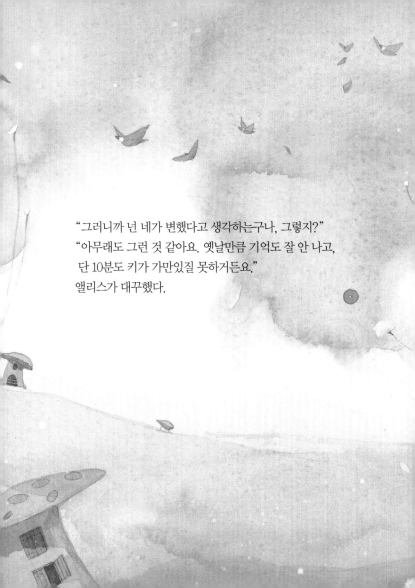

"그러니까 넌 네가 변했다고 생각하는구나, 그렇지?"
"아무래도 그런 것 같아요. 옛날만큼 기억도 잘 안 나고,
단 10분도 키가 가만있질 못하거든요."
앨리스가 대꾸했다.

"뭐가 기억 안 나는데?"

애벌레가 물었다.

"'부지런한 꼬마 꿀벌'을 외우려고 했는데 전부 다 틀리지 뭐예요!"

앨리스가 침울한 목소리로 대답했다.

"그럼 '아버지 윌리엄'을 외워 봐."

애벌레가 말했다.

앨리스는 두 손을 맞잡고 외우기 시작했다.

"늙으셨어요, 아버지." 젊은이가 말했네.

"머리도 하얗게 세셨고요.

그런데도 계속 물구나무를 서시다니

왜 연세를 생각하지 않으시는 거예요?"

"내가 젊었을 땐 말이다." 윌리엄이 아들에게 말했네.

"머리를 다칠까 봐 겁이 났단다.

하지만 잃을 게 더 이상 없다 보니

이렇게 자꾸자꾸 하게 되는구나."

"늙으셨어요, 아버지." 젊은이가 말했네.

"제가 전에도 말씀 드렸잖아요.

살은 또 얼마나 많이 찌셨게요.
그런데도 여전히 뒤로 공중제비를 돌며 집으로 들어오시다니
정말 왜 그러시는 거예요?"

"내가 젊었을 때 말이다." 은빛 머리칼을 흔들며 노인이 말했네.
"몸을 아주 유연하게 만들어 두었단다.
이 연고로 말이야. 한 통에 1실링인데,
너도 몇 통 사지 그러냐?"

"늙으셨어요, 아버지." 젊은이가 말했네.
"턱이 약해서 비계 말고는 못 드시잖아요.
그런데도 거위를 통째로 다 잡수시다니
정말 어떻게 그러신 거예요?"

"내가 젊었을 때 말이다." 아버지가 말했네.
"법에 푹 빠져서
사사건건 네 엄마와 입씨름을 했었지.
그 덕분에 턱 근육이 튼튼해져
여태껏 아무 문제 없는 거란다."

"늙으셨어요, 아버지." 젊은이가 말했네.
"눈도 예전만 못하시잖아요.
그런데도 여전히 콧등에 뱀장어를 세우시다니
어쩜 그렇게 솜씨가 좋으신 거죠?"

"난 벌써 세 가지 질문에 답을 했으니 그거면 됐다."
아버지가 말했네.
"건방 떨지 마라!
내가 온종일 그 따위 얘기나 듣고 있을 줄 알았니?
냉큼 꺼져라. 안 그러면 계단 밑으로 걷어차 버릴 테니!"

"틀렸어."

애벌레가 말했다.

"아마 그럴 거예요. 몇 군데가 좀 틀렸어요."

앨리스가 무안해하며 말했다.

"처음부터 끝까지 다 틀려."

애벌레가 단호하게 말했다. 한동안 침묵이 흘렀다.

애벌레가 먼저 입을 열었다.

"얼마만큼 커지고 싶은데?"

"아, 크기는 그다지 상관없어요."

앨리스가 얼른 대답했다.

"아시다시피 자주 변하는 게 싫다는 거죠."

"난 모르겠다."

애벌레가 말했다.

앨리스는 할 말을 잃었다. 지금껏 살면서 이렇게 심한 반대에
부딪친 적은 없었으므로 슬슬 화가 치밀어 올랐다.

"지금 키는 마음에 들어?"

애벌레가 물었다.

"글쎄요, 조금만 더 크면 좋겠어요. 8센티미터는 좀 볼썽사납잖
아요."

앨리스가 대답했다.

"딱 좋은데 무슨 소리야!"

애벌레가 화를 내며 몸을 꼿꼿이 세웠다. (애벌레 키는 정확히 8센티미터였다.)

"그렇지만 전 너무 어색하단 말이에요!"

앨리스가 애처롭게 볼멘소리를 냈다. 그러면서 속으로 생각했다.

'동물들이 이렇게 쉽게 화를 안 내면 정말 좋을 텐데!'

"곧 익숙해질 거야."

애벌레가 말했다. 그러고는 물담배를 입에 물더니 다시 뻑뻑 피우기 시작했다.

이번엔 앨리스도 애벌레가 입을 열 때까지 꾹 참고 기다렸다. 몇 분이 지나자 애벌레가 입에서 물담배를 떼고 하품을 한두 번 하더니 몸을 부르르 떨었다. 그리고 버섯에서 내려와 풀밭으로 기어가면서 겨우 이렇게 한마디 던졌다.

"한쪽은 크게, 다른 한쪽은 작아지게 해."

'무슨 한쪽? 무슨 다른 쪽?'

앨리스는 속으로 생각했다.

"버섯 말이야."

앨리스가 큰 소리로 물어보기라도 한 듯 애벌레가 대답했다. 그러고는 어디론가 사라져 버렸다.

앨리스는 잠시 버섯을 유심히 들여다보며 두 쪽 면이 어디인지 찾아보았다. 하지만 버섯이 완전히 둥근 모양이라 결코 만만한 일이 아니었다. 결국 앨리스는 두 팔을 힘껏 뻗어 버섯을 감싸 안고 손끝에 잡히는 부분을 조금 뜯어냈다.

"자, 이제 어떤 게 어느 쪽이지?"

이렇게 중얼거리며 앨리스는 시험 삼아 오른손에 든 버섯을 조금 뜯어 먹어 보았다. 다음 순간 무언가 앨리스의 턱을 호되게 후려쳤다. 턱이 발에 부딪힌 것이다!

너무 갑작스런 변화에 앨리스는 왈칵 겁이 났다. 하지만 몸이 빠른 속도로 줄어들고 있었으므로 우물쭈물할 시간이 없었다. 그래서 즉시 다른 쪽 버섯을 조금 먹어 보려고 했다. 하지만 턱이 발에 딱 붙은 바람에 입을 벌릴 틈이 없었다. 하지만 앨리스는 가까스로 입을 벌린 다음 왼쪽 손의 버섯을 한 조각 꿀꺽 삼키는 데 성공했다.

* * *

"야, 드디어 머리를 마음대로 움직일 수 있게 됐다!"

앨리스는 기뻐서 탄성을 질렀다. 하지만 그 기쁨은 곧 놀라움으로
바뀌었다. 어깨가 어디에도 보이지 않았던 것이다. 아래를 내려다
보니 엄청나게 길어진 목만 보였다. 앨리스의 목은 한참 아래 바다
처럼 펼쳐진 푸른 나뭇잎 사이로 나무줄기마냥 불쑥 솟아 있었다.

"초록색의 저것들은 다 뭐지? 그리고 내 어깨는 어디로 간 거야?
아, 불쌍한 내 손들, 어째서 손이 보이지 않는 걸까?"

앨리스는 중얼거리며 손을 움직였다. 하지만 저 밑에 있는 이파
리들만 조금 흔들릴 뿐 여전히 손은 보이지 않았다.

머리 위로 손을 올릴 희망이 없어 보이자 앨리스는 반대로 머리를
손 쪽으로 숙여 보려고 했다. 그러다 목이 뱀처럼 어느 방향으로든
쉽게 구부러진다는 걸 알고 기뻐했다. 목을 우아하게 구불구불
늘어뜨리는 데 성공한 앨리스는 무성한 잎 사이로 머리를 쑥 밀어
넣었다. 그리고 그것들이 자신이 헤매고 다녔던 숲 속 나무들의
꼭대기라는 걸 알아차렸다.

그때 어디선가 쉭 하는 날카로운 소리가 들려와 앨리스는 얼른 물
러섰다. 커다란 비둘기 한 마리가 앨리스의 얼굴을 향해 돌진해서는
날개로 사납게 후려쳤다.

"이 뱀아!"

비둘기가 소리쳤다.

"난 뱀이 아냐! 귀찮게 하지 마!"

앨리스가 화가 나서 외쳤다.

"뱀이야, 뱀!"

비둘기가 되풀이해 말했다. 하지만 목소리는 한결 누그러졌고 흐느끼듯 이렇게 덧붙였다.

"여기저기 다 해봐도 마땅한 데가 없어!"

"무슨 말인지 하나도 모르겠어."

앨리스가 말했다.

"나무뿌리며 강둑이며 울타리며 안 해본 데가 없다구."

비둘기는 앨리스 말은 들은 척도 않은 채 계속 말을 이었다.

"그렇지만 이놈의 뱀들! 뱀들은 정말 당할 수가 없다니까!"

앨리스는 점점 더 헷갈렸지만 비둘기가 말을 마칠 때까지는 무슨 말을 해도 소용없다는 생각이 들었다.

"알 품는 것도 힘들어 죽겠는데 뱀까지 밤낮 감시해야 하다니! 지난 3주 동안 한숨도 못 잤는데 말이야!"

비둘기가 투덜거렸다.

"그렇게 고생했다니 정말 안됐다."

앨리스는 그제야 비둘기의 말이 이해되기 시작했다.

"숲에서 제일 높은 나무에 이제 막 자리를 잡고 이젠 뱀 때문에 걱정할 일 없겠지라고 안심하던 참이었는데, 하늘에서까지 꿈틀대며 내려올 줄이야! 으, 징글징글한 뱀 같으니!"

"하지만 난 뱀이 아니야, 정말이야! 나는 말이지…… 나는……."

앨리스가 말했다.

"그래! 너는 뭔데? 또 수작 부리려는 거 누가 모를 줄 알고!"

비둘기가 다그쳤다.

"나, 난 그냥 여자 아이야."

앨리스는 오늘 자신이 얼마나 많이 변했는지를 떠올리며 자신 없이 대답했다.

"정말 말 된다! 내가 지금껏 여자 애를 수없이 봐왔지만 이렇게 목이 긴 애는 한 번도 본 적이 없어! 아니, 아니야! 넌 영락없는 뱀이야. 아니라고 우겨도 소용없어. 다음엔 알 같은 건 입에 대본 적도 없다고 할 거잖아!"

비둘기가 경멸하듯 쏘아붙였다.

"물론 알은 먹어 봤어. 하지만 여자 애들도 뱀만큼이나 알을 많이 먹잖아."

거짓말이라고는 모르는 앨리스가 솔직하게 말했다.

"난 못 믿어. 하지만 만약 알을 먹는다면 그건 뱀이나 마찬가지야."

앨리스는 뜻밖의 말에 잠시 할 말을 잃었다. 그 틈에 비둘기가 다시 종알거렸다.

"넌 알을 찾고 있어. 내 눈은 못 속여. 그런데 네가 여자 아이든 뱀이든 그게 나랑 무슨 상관이겠어?"

"나한테는 중요한 문제야."

앨리스가 급히 말했다.

"어쩌다 일이 그렇게 맞아떨어져서 그렇지, 난 알을 찾고 있던 게 아니야. 또 설사 그렇다고 해도 네 알은 싫어. 난 날 것을 싫어하거든."

"그렇다면 꺼져 버려!"

비둘기가 퉁명스럽게 소리치고는 다시 둥지로 날아가 앉았다.

앨리스는 나뭇가지에 목이 자꾸 엉키는 바람에 될 수 있는 대로 나무 아래로 목을 웅크렸다. 그리고 가끔씩 엉킨 목을 풀기 위해 멈추어야 했다. 잠시 뒤 앨리스는 아직도 손에 버섯을 들고 있다는 사실을 깨달았다. 그래서 조심스럽게 이쪽 한번, 저쪽 한번 베어 먹으며 커졌다 작아졌다를 반복하다가 마침내 원래의 키로 돌아오는 데 성공했다.

키가 정상으로 돌아온 게 너무 오랜만이어서인지 앨리스는 처음에는 기분이 이상했다. 하지만 곧 익숙해졌고 평소대로 혼잣말을 하기 시작했다.

"자, 이제 계획의 반은 해냈어! 키가 자꾸 바뀌니 어쩌나 정신이 없는지! 순간순간 어떻게 변할지 도무지 알 수가 없잖아! 하지만 이제 정상으로 돌아왔으니 아름다운 정원으로 들어가는 일만 남은 거야. 그런데 무슨 수로 들어가지?"

앨리스의 말이 끝나자마자 갑자기 툭 트인 공간이 눈앞에 펼쳐졌다. 그곳에는 높이가 1미터가 조금 넘는 작은 집이 한 채 있었다.

앨리스는 생각했다.

'저기에 누가 살고 있든 이 키로는 만날 수 없어. 다들 놀라서 까무러칠 테니 말이야!'

그래서 앨리스는 오른손에 든 버섯을 다시 조금 뜯어 먹었고 키가 20센티미터 남짓 줄어든 다음에야 집으로 걸음을 옮겼다.

6. 돼지와 후추

앨리스가 잠시 그 집을 바라보며 이젠 뭘 하나, 궁리하고 있는데 숲에서 갑자기 제복을 입은 하인이 뛰어나오더니 주먹으로 문을 쾅쾅 두드렸다. (앨리스는 제복 때문에 그를 하인이라고 생각했다. 하지만 얼굴을 봤더라면 분명 물고기라고 말했을 것이다.) 제복을 입은 또 다른 하인이 문을 열었는데 동그란 얼굴에 눈이 개구리처럼 컸다. 둘 다 곱슬곱슬한 머리 위로 가루가 뿌려져 있었다. 잔뜩 호기심이 생긴 앨리스는 대화를 엿듣기 위해 숲 밖으로 살금살금 빠져나왔다.

물고기 하인이 자기 몸만큼이나 큰
편지를 겨드랑이에서 빼서는 개구리 같은
하인에게 건네주며 근엄하게 말했다.

"공작부인께. 여왕 폐하께서 보내신 크로케
경기 초대장입니다."

개구리 하인 역시 말 순서만 약간 바꾸어
근엄하게 따라했다.

"여왕 폐하로부터. 공작부인께 보내신
크로케 경기 초대장입니다."

그런 다음 둘은 머리 숙여 인사를 했고 그 바람에 서로의 곱슬
머리가 엉겼다. 앨리스는 이 장면을 보고 배를 잡고 웃어 대다가 혹시
웃음소리가 들렸으면 어쩌나 싶어 숲 속으로 얼른 달아났다. 슬쩍
다시 고개를 내밀어 보니 물고기 하인은 사라지고 개구리 하인만
문 옆에 주저앉아 멍하니 하늘을 올려다보고 있었다.

앨리스는 조심스럽게 다가가 문을 두드렸다.

"두드려 봐야 소용없어."

개구리 하인이 말했다.

"이유는 두 가지야. 첫째, 내가 너처럼 문 밖에 있고 둘째, 안이 너무 시끄러워서 아무도 소리를 못 듣기 때문이지."

그러고 보니 정말 엄청난 소음이 안에서 새어 나오고 있었다. 악을 쓰며 울부짖는 소리에 재채기 소리, 이따금 접시나 주전자가 와장창 깨지는 소리가 끊임없이 들려왔다.

"그럼 어떻게 하면 들어갈 수 있나요?"

앨리스가 물었다.

하인은 앨리스의 말은 무시한 채 계속 말을 이었다.

"우리 사이에 문이 있다면 네가 문을 두드리는 게 소용이 있겠지. 네가 안에서 문을 두드리면 내가 문을 열어 널 내보내 주는 식으로 말이야."

하인이 말하는 내내 하늘만 쳐다보았으므로 앨리스는 정말 무례한 행동이라고 생각했다. 그러다 이내 중얼거렸다.

"어쩌면 자기도 어쩔 수 없는지 몰라. 눈이 머리 꼭대기에 달려 있으니 말이야. 그래도 대답 정도는 할 수 있겠지."

그래서 앨리스는 목소리를 높여 다시 물었다.

"어떻게 안에 들어가죠?"

"난 내일까지 여기 앉아 있을 거야."

하인이 대꾸했다.

바로 이때 문이 벌컥 열리면서 커다란 접시 하나가 하인의 머리 쪽으로 곧장 날아왔다. 하인의 코끝을 아슬아슬하게 비껴간 접시는 뒤편 나무에 부딪혀 산산조각이 났다.

"어쩌면 모레까지."

하인은 마치 아무 일도 없었던 것처럼 태연하게 말을 이었다.

"어떻게 해야 들어가느냐고요?"

앨리스가 좀 더 큰 소리로 다시 물었다.

"들어가고 싶기는 한 거야? 그것부터 먼저 생각해 봐야지."

하인이 말했다.

맞는 말이긴 했다. 앨리스는 다만 그런 말을 듣는 게 싫었다.

"동물들이 하나같이 따지고 드는 거 정말 지긋지긋해. 미쳐 버리겠다니까!"

앨리스가 투덜거렸다.

하인은 지금이야말로 말을 요리조리 바꿔 말해 볼 때라는 듯 이렇게 말했다.

"난 일이 있건 없건 며칠이고 여기 앉아 있을 거야."

"그럼 난 어떻게 하죠?"

앨리스가 물었다.

"그거야 네 맘이지."

하인은 이렇게 대꾸하고는 휘파람을 불기 시작했다.

"얘기해 봐야 아무 소용없겠어. 완전 멍청이잖아!"

앨리스가 실망하며 말했다. 그러고는 문을 열고 안으로 들어갔다.

문 안은 바로 널따란 부엌이었는데 온통 연기로 자욱했다. 공작부인은 부엌 가운데 놓인 다리 세 개짜리 의자에 앉아 아기를 어르고 있었다. 요리사는 화덕 위로 몸을 숙인 채 수프가 가득 담긴 듯한 큰 솥을 휘젓는 중이었다.

"수프에 후추를 너무 많이 넣은 게 분명해!"

앨리스가 재채기를 겨우 참으며 중얼거렸다.

사방이 후춧가루 천지였다. 공작부인도 수시로 재채기를 했다. 아기는 잠시도 쉬지 않고 재채기를 하거나 자지러지게 울어 댔다. 부엌에서 재채기를 하지 않는 건 요리사와 입이 귀에 걸릴 정도로 싱긋 웃으며 난롯가에 앉은 커다란 고양이 한 마리뿐이었다.

앨리스는 먼저 말을 거는 게 실례가 아닌가 싶어 약간 주저하며 물었다.

"저 고양이는 왜 저렇게 웃는 거지요?"

공작부인이 대꾸했다.

"체셔 고양이니까 그렇지. 돼지야!"

공작부인이 갑자기 마지막 말을 거칠게 내뱉는 바람에 앨리스는 깜짝 놀랐다. 하지만 그 말이 자신이 아니라 아기한테 한 말임을 알고는 용기를 내어 다시 말을 붙였다.

"체셔 고양이가 항상 저렇게 웃는 줄 몰랐네요. 고양이가 웃을 수 있다는 것도 모르긴 했지만요."

"고양이들은 대부분 웃을 줄 알아."

공작부인이 말했다.

"전 몰랐어요."

앨리스가 드디어 대화를 하게 됐다는 사실에 기뻐하며 아주 공손하게 말했다.

"넌 모르는 게 많구나. 진짜로 말이야."

앨리스는 공작부인의 말투가 귀에 거슬렸다. 그래서 화제를 바꾸어야겠다고 생각했다.

앨리스가 무슨 얘기를 할까 곰곰 생각하는 사이 요리사가 화덕에서 솥을 내려놓더니 곧장 손에 잡히는 대로 물건을 집어 공작부인과 아기에게 마구 던지기 시작했다. 먼저 부삽이며 부지깽이가 날아왔고 다음엔 소스 냄비, 접시, 그릇들이 닥치는 대로 날아들었다.

공작부인은 연방 맞으면서도 무덤덤했고 아기는 아까부터 울고 있었던 터라 맞아서 우는 건지 어떤 건지 분간하기조차 힘들었다.

"무슨 짓이에요!"

앨리스가 공포에 질려 펄쩍펄쩍 뛰며 소리쳤다.

"어머, 귀여운 아기 코가 위험해요."

엄청나게 큰 소스 냄비가 아기 코를 스치는 바람에 하마터면 코가 날아갈 뻔했다.

"모두들 자기 일에만 신경 쓴다면 세상이 지금보다 훨씬 빨리 돌아갈 텐데."

공작부인이 걸걸한 목소리로 투덜거렸다.

"빨리 돌아간다고 좋을 건 없을걸요."

앨리스는 자기가 알고 있는 지식을 조금이라도 뽐낼 기회가 생긴 것 같아 아주 기뻤다.

"낮과 밤이 어떻게 될지 한번 생각해 보라고요! 지구는 축을 중심으로 스물네 시간을 주기로 한 바퀴 도는데……."

"죽이라는 얘기가 나왔으니, 당장 저 아이의 목을 베어라!"

공작부인이 말했다.

앨리스는 요리사가 공작부인의 말을 알아들었을까 봐 불안스레 요리사의 눈치를 살폈다. 그러나 요리사는 수프를 젓는 데에만 정신이 팔려 귀를 기울이는 것 같지 않았다. 앨리스가 다시 말을 이었다.

"스물네 시간이 맞을 거예요, 아니면 스무 시간인가? 전……."

"아, 귀찮게 좀 하지 마. 난 숫자라면 딱 질색이라구!"

공작부인이 말했다.

그러고는 다시 아기를 어르기 시작했다. 공작부인은 자장가 비슷한 노래를 불렀는데 한 소절이 끝날 때마다 아기를 심하게 흔들어 댔다.

사내아이에겐 거칠게 말해라.
재채기를 하면 때려라.
아이는 단지 놀려고
귀찮게 구는 거란다.

합창
(요리사와 아기가 함께)
'와! 와! 와!'

공작부인은 2절을 부르면서 아기를 난폭하게 위아래로 흔들었고, 그때마다 불쌍한 아기가 어찌나 넘어갈 듯 울어 대는지 앨리스가 가사를 알아듣지도 못할 정도였다.

나는 내 아들에게 엄하게 말하고
재채기를 하면 두들겨 팬다네.
아이도 마음만 먹으면
후추를 잘 먹을 수 있으니까!

합창
'와! 와! 와!'

"자! 네가 좋다면 아기를 한번 달래 보렴!"
공작부인이 앨리스에게 아기를 팽개치며 말했다.
"난 여왕님과 크로케 경기할 준비를 해야 하거든."
공작부인은 서둘러 부엌을 나가 버렸다. 요리사가 공작부인
뒤에다 대고 프라이팬을 던졌지만 아슬아슬하게 빗나갔다.

앨리스는 아기를 안고 있는 게 좀 버거웠다. 아기는 생김새가 괴상한데다 사방으로 팔다리를 뻗은 것이 앨리스가 보기에는 꼭 '불가사리' 같았다. 앨리스가 아기를 받자 불쌍한 아기는 증기기관차처럼 콧김을 뿜어 대며 몸을 계속 접었다 폈다 하며 발버둥을 쳤다. 그 바람에 처음 얼마 동안은 아기를 안고 있는 데 무척 애를 먹었다.

마침내 아기 다루는 법(매듭을 묶듯 아기의 몸을 비튼 다음 오른쪽 귀와 왼쪽 발을 꽉 붙잡아 옴짝달싹 못하게 한다.)을 알아낸 앨리스는 아기를 바깥으로 데리고 나왔다.

'내가 안 데려가면 하루 이틀도 안 돼 이 사람들 손에 죽을 게 분명해. 그냥 두고 가는 건 살인이나 다름없어.'

앨리스가 마지막 말을 소리 내어 내뱉자 아기가 대답이라도 하듯 꿀꿀거렸다. (이때 아기는 재채기가 멎은 상태였다.)

"꿀꿀대지 좀 마. 넌 그런 식으로 말을 하면 안 된다구."

앨리스가 말했다.

하지만 아기는 다시 꿀꿀거렸고 앨리스는 뭐가 잘못됐나 싶어 걱정스러운 눈길로 아기의 얼굴을 들여다보았다. 아기는 발랑 뒤집어진 코에 동물 주둥이에 가까운 얼굴을 하고 있었다. 눈도 아기치고는 지나치게 작았다. 앨리스는 아기의 얼굴이 전혀 마음에 들지 않았다.

'어쩌면 너무 울어서인지도 몰라.'

이렇게 생각한 앨리스는 눈물 자국이 남아 있는지 보려고 다시 눈을 살폈다.

아니, 눈물은 한 방울도 보이지 않았다. 앨리스는 진지하게 말했다.

"네가 만약 돼지로 변한다면 더 이상 널 돌볼 이유가 없어. 알겠니?"

아기는 가엾게도 다시 훌쩍이기 시작했고(아니 꿀꿀거렸나, 뭐라고 표현하기가 어렵다.) 앨리스는 아기를 안은 채 한동안 말없이 걸어갔다.

앨리스는 이내 혼자 생각에 빠져들었다.

'얘를 집에 데려간 다음엔 어떡하지?'

순간 아기가 다시 심하게 꿀꿀거렸고 그 서슬에 놀란 앨리스가 아기의 얼굴을 쳐다보았다. 이번엔 틀림없었다. 더도 덜도 아닌 딱 돼지 그 자체였다. 앨리스는 돼지를 계속 안고 간다는 게 우스꽝스럽게 여겨졌다.

그래서 어린것을 바닥에 내려놓았고 그 어린것이 종종거리며 숲으로 들어가는 모습을 보며 마음을 놓았다.

앨리스가 중얼거렸다.

"만약 사람이었다면 끔찍하게 못생긴 아이로 자랐을 거야. 하지만 돼지치고는 꽤 잘생긴 편이야."

그러고는 돼지였으면 더 잘 어울릴 만한 친구들의 모습을 떠올리기 시작했다.

"누군가 그 애들을 돼지로 바꿀 방법을 알고 있다면……."

그때 앨리스는 조금 떨어진 나뭇가지 위에 체셔 고양이가 앉아 있는 걸 보고 흠칫 놀랐다.

고양이는 그저 앨리스를 쳐다보며 싱긋 웃을 뿐이었다. 순해 보이기는 했다. 하지만 기다란 발톱에 수없이 난 이빨을 보자 함부로 대하면 안 되겠다는 느낌이 들었다.

"야옹아."

앨리스는 고양이가 이 말을 좋아할지 어떨지 몰라 주저하며 말을 건넸다. 하지만 고양이는 좀 더 싱글거릴 뿐이었다.

'옳지, 아직까진 기분이 좋은 모양이로군.'

앨리스는 계속 말을 이었다.

"여기서 나가는 길 좀 가르쳐 줄래?"
"그건 네가 어디로 가고 싶은가에 달렸지."

고양이가 대답했다.

"어디든 상관은 없는데……."

앨리스가 말했다.

"그럼 아무 데나 가면 되지."

고양이가 대꾸했다.

"어딘가 도착하기만 한다면야……."

앨리스가 설명을 덧붙였다.

"그럼, 넌 분명히 도착하게 돼 있어. 오래 걷다 보면 말이야."

고양이가 말했다.

틀린 말은 아니었으므로 앨리스는 다른 질문을 던졌다.

"이 근처엔 누가 살고 있니?"

고양이가 오른발을 흔들며 말했다.

"저 쪽엔 모자장수가 살고, 그리고 저 쪽엔……."

고양이가 다른 쪽 발을 흔들며 말했다.

"3월토끼가 살아. 아무 데나 가봐. 어차피 둘 다 미쳤으니까."

(작가가 살던 시대에는 모자를 만들 때 펠트를 딱딱하게 하기 위해 수은을 사용했고 이 수은중독으로 모자장수들이 실제로 미친 경우가 많았다고 한다. 그리고 토끼는 발정기인 3월에 특히 미쳐 날뛴다는 민간의 속설이 있다.)

"하지만 난 미친 사람들 있는 데는 가기 싫어."

앨리스가 말했다.

"뭐, 그래도 어쩔 수 없어. 여기 사람들은 다 미쳤으니까. 나도 미쳤고 너도 미쳤고."

고양이가 말했다.

"내가 미쳤는지 네가 어떻게 알아?"

앨리스가 물었다.

"넌 미쳤어. 안 미쳤으면 여기 올 리가 없거든."

고양이가 대답했다.

앨리스는 그 말이 꼭 옳다는 생각은 안 들었지만 이렇게 또 물었다.

"그러면 네가 미쳤다는 건 어떻게 알아?"

"우선, 개는 미치지 않았어. 그건 인정하지?"

"그런 것 같아."

앨리스가 대꾸했다.

"자, 그럼 봐, 개는 화가 나면 으르렁거리고 기분이 좋으면 꼬리를 흔들어 대잖아. 하지만 나는 기분이 좋으면 으르렁거리고 화가 나면 꼬리를 흔든다 이 말씀이야. 그러니 내가 미쳤지."

"으르렁거리는 게 아니라 가르랑대는 거지."

앨리스가 말했다.

"네 맘대로 불러. 그런데 너도 오늘 여왕님과 크로케 경기를 하니?"

고양이가 물었다.

"나도 정말 하고 싶은데 아직 초대를 못 받았어."

"거기서 날 만나게 될 거야."

고양이는 이 말을 끝으로 사라졌다.

앨리스는 이상한 일에 너무 익숙해진 나머지 그다지 놀라지도 않았다. 고양이가 있던 자리를 물끄러미 보고 있던 앨리스 앞에 갑자기 고양이가 다시 나타났다.

"그건 그렇고, 아기는 어떻게 된 거야? 물어본다는 것을 깜빡했네."

고양이가 물었다.

"돼지로 변해 버렸어."

고양이가 돌아온 게 자연스럽다는 듯 앨리스가 담담하게 대답했다.

"그럴 줄 알았어."

고양이는 그렇게 말하고 다시 자취를 감추었다.

앨리스는 고양이가 다시 오지 않을까 하는 기대로 그 자리에서 조금 더 기다렸다. 하지만 고양이가 나타나지 않자 3월토끼가 산다는 쪽으로 발길을 옮겼다.

"모자장수라면 전에도 본 적이 있어. 3월토끼 쪽이 훨씬 더 재미있을 거야. 지금은 5월이니까 괜찮을지도 모르지. 적어도 3월만큼 미쳐 있진 않을 테니까."

앨리스가 이렇게 말하며 고개를 든 순간 나뭇가지 위에 앉은 고양이가 또 눈에 들어왔다.

"아까 돼지라고 했니, 데이지라고 했니?"

고양이가 물었다.

"돼지라고 했어."

앨리스가 대답했다.

"그리고 그렇게 갑자기 나타났다 사라졌다 하지 않았으면 좋겠어. 너무 정신없단 말이야."

"알았어."

고양이가 대답했다.

그리고 이번에는 꼬리 끝부터 시작해서 씩 웃는 모습까지 아주 느릿느릿 사라졌는데, 몸이 다 없어진 후에도 웃음은 한참이나 남아 있었다.

'맙소사!
웃지 않는 고양이는 봤지만 몸통 없이 웃음만 남은 고양이라니!
정말이지 태어나서 이렇게 신기한 일은 처음이야!'

얼마 걷지 않아 앨리스는 3월토끼가 사는 집이 보이는 곳에 이르렀다. 앨리스는 그 집이 토끼 집이 틀림없다고 생각했다. 굴뚝이 토끼 귀를 쏙 닮은데다 지붕은 부드러운 털로 덮여 있었기 때문이었다. 집이 너무 커 다가갈 엄두가 안 난 앨리스는 먼저 왼손에 든 버섯을 조금 먹어 60센티미터 정도로 키를 늘렸다. 하지만 그러고도 용기가 안 나는지 머뭇머뭇 걸음을 떼며 혼자 중얼거렸다.

"토끼가 미쳐 날뛰면 어쩌지! 모자장수를 만나러 갈 걸 그랬나 봐!"

7. 엉망진창 다과회

집 앞 나무 밑에 식탁이 차려져 있고 3월토끼와 모자장수가 함께 차를 마시고 있었다. 겨울잠쥐는 중간에 앉아 자고 있었는데 둘은 쿠션이라도 되는 듯 겨울잠쥐 위에 팔을 괴고는 그 너머로 이야기를 주고받고 있었다.

앨리스는 생각했다.

'겨울잠쥐가 무척 힘들겠는걸. 하긴 잠이 들었으니 괜찮을지도 모르겠네.'

셋은 식탁이 꽤 큼직한데도 모두 한쪽 구석에 몰려 앉아 있었다.

앨리스가 다가오는 걸 보자 3월토끼와 모자장수가 소리를 질러 댔다.

"자리가 없어! 자리가 없어!"

"자리 많잖아요!"

앨리스가 발끈 쏘아붙이고는 탁자 한구석에 있는 커다란 팔걸이 의자에 앉았다.

"포도주 좀 들어."

3월토끼가 달래듯 말을 붙였다.

앨리스가 식탁을 훑어보았지만 차뿐이었다.

"포도주가 안 보이는데요."

앨리스가 말했다.

"포도주는 없어."

3월토끼가 대답했다.

"있지도 않으면서 권하는 건 예의가 아니죠."

앨리스가 화를 내며 말했다.

"초대받지 않았는데 제멋대로 앉는 것도 예의는 아니지."
　3월토끼가 맞받았다.
"당신들 탁자인 줄 몰랐어요.
　셋이 앉기엔 자리가 너무 많으니까요."
　앨리스가 대꾸했다.

"머리를 좀 자르지 그래."

한동안 호기심 어린 눈길로 앨리스를 바라보던 모자장수가 처음으로 입을 열었다.

"개인적인 일에 이러쿵저러쿵 하는 건 아주 무례한 짓이에요."

앨리스가 날카롭게 쏘아붙였다.

이 말을 들은 모자장수가 눈을 부릅떴다. 하지만 정작 나온 말은 이랬다.

"까마귀랑 책상이랑 닮은 점이 뭐지?"

앨리스는 속으로 생각했다.

'이제 좀 재미있어지겠는걸! 수수께끼 놀이를 해서 다행이야.'

그러고는 큰 소리로 말했다.

"제가 맞힐 수 있을 것 같아요."

"답을 알 수 있다, 이 말이니?"

3월토끼가 물었다.

"그럼요."

앨리스가 답했다.

"그렇담 네 생각대로 말을 해야지."

3월토끼가 다시 말했다.

"그러고 있어요. 난 적어도, 적어도 내가 말한 대로 생각한다고요. 어차피 그 말이 그 말이잖아요."

앨리스가 허둥대며 대답했다.

"그 말이 그 말인 게 어디 있어! '나는 먹을 것을 본다.' 와 '나는 내가 보는 것을 먹는다.' 가 같단 말이야?"

모자장수가 소리쳤다.

"'나는 내가 가진 것을 좋아한다.' 와 '나는 내가 좋아하는 것을 가지고 있다.' 가 같단 말이야?"

3월토끼까지 한 수 거들었다.

"'나는 잘 때 숨을 쉰다.' 와 '나는 숨 쉴 때 잠을 잔다.' 가 같단 말이야?"

잠꼬대같이 겨울잠쥐도 한마디 덧붙였다.

"너한텐 그게 다 같은 말이겠지."

모자장수의 말을 끝으로 대화는 뚝 끊겼고 한동안 다들 묵묵히 앉아 있었다. 그사이 앨리스는 까마귀와 책상에 대해서 곰곰이 생각했지만 마땅히 떠오르는 게 없었다.

모자장수가 먼저 침묵을 깼다.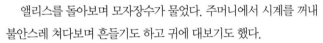

"오늘이 며칠이지?"

앨리스를 돌아보며 모자장수가 물었다. 주머니에서 시계를 꺼내
불안스레 쳐다보며 흔들기도 하고 귀에 대보기도 했다.

앨리스는 잠시 생각한 뒤 말했다.

"4일."

"이틀이나 틀려!"

모자장수가 한숨을 내쉬었다.

"내가 버터는 시계에 안 맞는다고 했지!"

모자장수가 성난 눈으로 3월토끼를 노려보았다.

"제일 좋은 버터였는데."

3월토끼가 기가 죽어서 대꾸했다.

"그래. 그렇다면 아무래도 빵 부스러기가 들어간 게 틀림없어.
빵 칼로 버터를 넣지 말았어야 했는데."

모자장수가 투덜거렸다.

3월토끼가 시계를 들고 침울하게 들여다보았다. 그런 다음 시계를 찻잔 속에 집어넣고 다시 쳐다보았다. 하지만 더 좋은 구실이 떠오르지 않는지 같은 말만 되풀이했다.

"그건 제일 좋은 버터였다구."

호기심이 생긴 앨리스가 토끼 어깨 너머로 시계를 보다가 말했다.

"정말 웃기는 시계네! 날짜는 나오면서 정작 시간은 안 나오잖아!"

"그게 뭐 어때서? 그럼 네 시계에는 연도도 나오니?"

모자장수가 못마땅한 듯 투덜거렸다.

"물론 아니죠. 하지만 연도는 오랫동안 같으니까 굳이 표시할 필요가 없잖아요."

앨리스가 서슴없이 대답했다.

"그건 내 시계도 마찬가지야."

모자장수가 대꾸했다.

앨리스는 어안이 벙벙했다. 모자장수가 하는 얘기는 아무 의미도 없는 것 같았지만 분명 말은 말이었다.

"무슨 말인지 잘 모르겠어요."

앨리스는 최대한 공손하게 말했다.

"겨울잠쥐가 또 잠들었네."

모자장수는 이렇게 말하며 겨울잠쥐의 코 위에 뜨거운 차를
조금 부었다.

겨울잠쥐가 머리를 마구 흔들더니 눈도 뜨지 않은 채 말했다.

"그럼, 그럼. 나도 방금 그 말을 하려던 참이었어."

"이제 수수께끼는 풀었니?"

모자장수가 다시 앨리스를 향해 물었다.

"아뇨. 포기할래요. 답이 뭐죠?"

앨리스가 말했다.

"나도 몰라."

모자장수가 말했다.

"나도."

3월토끼가 이어 말했다.

앨리스는 가볍게 한숨을 내쉬었다.

"차라리 그 시간에 더 나은 일을 하지 그래요? 답도 없는 수수께끼 놀이나 하며 시간을 낭비하느니 말이에요."

앨리스가 말했다.

"네가 나만큼 시간을 잘 안다면 시간을 낭비한다고 말하진 못할 거야. 시간은 물건이 아니라 사람이니까."

"무슨 말인지 모르겠어요."

앨리스가 대꾸했다.

"모르는 게 당연하지! 넌 시간한테 말을 걸어 본 적도 없잖아!"

모자장수가 경멸하듯 고개를 쳐들며 말했다.

"그런 것 같아요."

앨리스가 조심스레 말을 받았다.

"하지만 음악공부를 할 때는 시간, 그러니까 박자를 맞춰야 한다는 건 알아요."

모자장수가 말했다.

"아! 그래서 그렇구나. 시간은 맞는 걸 싫어하는데. 들어봐, 네가 만약 시간이랑 사이좋게 지내면 시간은 네가 바라는 대로 시계를 맞춰 줄 거야. 예를 들어 아침 아홉 시에 수업을 시작한다고 쳐. 넌 시간한테 슬쩍 귀띔만 해주면 돼. 그럼 시계가 눈 깜짝할 사이에 돌아간다구! 1시 반, 바로 점심 먹을 시간으로 말이야!"

('그럼 얼마나 좋을까.' 3월토끼가 중얼거렸다.)

"정말 근사하겠네요. 하지만 그땐 배가 고프지 않을 텐데요."

앨리스가 생각에 잠겨 말했다.

"처음엔 그럴지도 몰라. 하지만 네가 원하면 계속 1시 반에 머물 수도 있어."

모자장수가 말했다.

"아저씨도 그렇게 하나요?"

앨리스가 물었다.

모자장수가 애처롭게 고개를 가로저었다.

"아니! 우린 지난 3월에 싸웠어. 토끼가 미치기 직전이었지. (찻숟가락으로 3월토끼를 가리키며) 그때 난 하트 여왕이 연 멋진 음악회에서 노래를 하기로 되어 있었어."

반짝반짝 작은 박쥐!
무얼 하고 있나요!

"아마 너도 아는 노래지?"
"그 비슷한 노래는 들어 봤어요."
앨리스가 대답했다.
"그 다음엔 이렇게 되잖아."
모자장수가 계속 노래했다.

하늘을 나는 쟁반처럼
세상 높이 날아서
반짝반짝…….

이때 겨울잠쥐가 몸을 흔들며 잠결에 노래를 부르기 시작했다.

"반짝, 반짝, 반짝, 반짝……."

어찌나 한참을 부르던지 그만 하라고 살을 꼬집어야 할 정도였다.

모자장수가 말했다.

"그런데 1절이 채 끝나기도 전에 여왕이 벌떡 일어나서는 마구 소리를 지르는 거야. '시간을 죽이고 있잖아! 당장 목을 쳐라!' 하고 말이야."

"너무 잔인해요!"

앨리스가 놀라 소리쳤다.

모자장수가 애처롭게 말을 이었다.

"그리고 그때부터 시간이 내 부탁을 하나도 안 들어줘! 그래서 항상 6시지."

앨리스의 머리에 어떤 생각이 반짝 떠올랐다.

"그래서 이렇게 찻잔이 많이 나와 있는 거군요?"

앨리스가 물었다.

"그래, 맞아."

모자장수가 한숨을 쉬며 말했다.

"항상 차 마시는 시간이다 보니 설거지할 짬이 없거든."

"그래서 계속 자리만 옮겨 다니는 거구요?"

앨리스가 물었다.

"그렇지, 차를 다 마시면 그렇게 자리만 옮겨."

"하지만 다시 처음 자리로 돌아오면요?"

앨리스가 용기를 내어 물었다.

이때 3월토끼가 늘어지게 하품을 하며 끼어들었다.

"다른 이야기 하자. 그런 얘기라면 이제 지긋지긋해. 꼬마 아가씨 얘기 한번 들어 보자고."

"아는 얘기가 없는데요."

앨리스가 깜짝 놀라며 말했다.

"그렇다면 겨울잠쥐가 해야지!"

3월토끼와 모자장수가 함께 외쳤다.

"그만 일어나, 겨울잠쥐야!"

둘은 곧바로 양쪽에서 겨울잠쥐를 세게 꼬집었다.

겨울잠쥐가 부스스 눈을 뜨더니 잠긴 소리로 힘없이 말했다.

"나 안 잤어. 너희들 얘기 다 들었다구."

"이야기 해줘!"

3월토끼가 말했다.

"네, 해주세요!"

앨리스도 간절히 부탁했다.

"빨리 해, 안 그러면 이야기가 끝나기도 전에 또 잠들 거잖아."

모자장수가 재촉했다.

"옛날옛날에 어린 자매 셋이 살았습니다."

겨울잠쥐가 허둥지둥 이야기를 시작했다.

"자매의 이름은 엘시, 레이시, 틸리였고 우물 바닥에서 살았습니다."

"거기서 뭘 먹고 살았죠?"

먹고 마시는 문제에 대해 유난히 관심이 많은 앨리스가 물었다.

"당밀을 먹고 살았습니다."

잠시 생각하던 겨울잠쥐가 말했다.

"그럴 리가요. 그랬다면 병에 걸렸을 텐데요."

앨리스가 부드럽게 지적했다.

"그래서 자매들은 몹시 아팠습니다."

겨울잠쥐가 이야기했다.

앨리스는 자매들의 별난 생활을 상상해 보려 했지만 너무 혼란스러웠다. 그래서 다시 물었다.

"그런데 왜 우물 바닥에서 살아요?"

"차 좀 더 마셔."

3월토끼가 앨리스에게 진심으로 권했다.

"난 아직 한 모금도 안 마셨어요. 그러니 좀 더 마실 수가 없죠."

기분이 상한 앨리스가 대꾸했다.

"덜 마실 수가 없다는 말이겠지. 아무것도 안 마셨을 때 좀 더 마시는 건 아주 쉬운 일이니까."

모자장수가 말했다.

"아무도 아저씨 의견 안 물어봤거든요."

앨리스가 쏘아붙였다.

"지금 자기 의견 말하는 사람이 누구더라?"

모자장수가 의기양양하게 받아쳤다.

앨리스는 뭐라고 대꾸해야 할지 몰랐다. 그래서 차와 버터 바른 빵을 조금 먹은 다음 겨울잠쥐를 향해 다시 물었다.

"자매들이 왜 우물바닥에서 살았어요?"

겨울잠쥐는 또 잠시 생각해 보더니 이렇게 말했다.

"그곳이 당밀 우물이었기 때문입니다."

"그런 게 어디 있어요?"

앨리스는 화가 솟구쳤다. 모자장수와 3월토끼가 조용히 하라며 '쉬! 쉬!' 거렸고 골이 난 겨울잠쥐가 이렇게 말했다.

"그렇게 계속 따질 거면 차라리 네가 얘기해."

앨리스가 미안해하며 말했다.

"아니에요, 계속해 주세요! 다시는 끼어들지 않을게요. 그런 우물도 있을 수 있죠."

"있지, 그럼!"

겨울잠쥐가 씩씩댔다. 하지만 이야기는 계속하기로 했다.

"그래서 세 자매는 퍼내는 법을 배우고 있었는데……."

"뭘 퍼내요?"

앨리스가 약속을 까맣게 잊은 채 물었다.

"당밀."

이번에는 겨울잠쥐도 생각하지 않고 바로 대답했다.

그때 모자장수가 끼어들었다.

"깨끗한 잔이 필요해. 모두 자리 한 칸씩 옮기자."

모자장수가 옮겨 앉자 겨울잠쥐가 모자장수 자리로 갔다. 3월 토끼는 겨울잠쥐 자리로 바꿔 앉았고 앨리스도 마지못해 3월토끼 자리에 앉았다. 이렇게 자리를 옮겨서 득을 본 사람은 모자장수밖에 없었다. 앨리스는 훨씬 더 나빠졌는데 토끼가 접시에다 우유를 엎질러 놓았기 때문이었다.

　앨리스는 겨울잠쥐의 비위를 거스르고 싶지 않아 아주 조심스레
말을 꺼냈다.

　"하지만 이해가 안 돼요. 당밀을 어디서 퍼낸단 말이죠?"

　"우물에선 물을 퍼내지. 그럼 당밀 우물에선 당밀을 퍼내지
않겠어, 이 바보야?"

　모자장수가 대꾸했다.

　"하지만 자매들은 우물 안에 살잖아요."

　앨리스는 모자장수의 마지막 말은 무시한 채 겨울잠쥐에게
말했다.

"물론 안에서 잘 살았지."

겨울잠쥐가 대꾸했다.

가여운 앨리스는 겨울잠쥐의 대답에 어리둥절해져서는 잠시 동안 겨울잠쥐의 이야기에 끼어들지 않았다.

"자매들은 퍼내는 법을 배웠습니다."

겨울잠쥐가 잠이 쏟아지는지 하품을 하며 두 눈을 비볐다.

"여러 가지를 퍼냈는데, 'ㅁ'으로 시작하는 건 전부 다 퍼냈습니다."

"왜 'ㅁ'이에요?"

앨리스가 물었다.

"안 될 건 또 뭐야?"

3월토끼가 되물었다.

앨리스는 말문이 막혔다.

이때 겨울잠쥐가 눈을 감더니 깜박 졸았다. 그러나 모자장수가 꼬집자 짧은 비명을 지르며 다시 깨어나서는 이야기를 계속했다.

"'ㅁ'으로 시작하는 것으로는 미나리, 모자, 미꾸라지 그리고 마음 같은 것이 있습니다. 혹시 마음을 퍼내는 걸 본 적 있니?"

어안이 벙벙해진 앨리스가 대답했다.

"글쎄, 내 경우엔 없는 것 같은데……."

"그럼 말을 말아야지."

모자장수가 대꾸했다.

무례하기 짝이 없는 말에 앨리스는 더 이상 참을 수가 없었다. 그래서 진저리를 치며 그 자리를 떠났다. 겨울잠쥐는 곧바로 잠이 들었고, 모자장수와 3월토끼는 앨리스가 가든 말든 신경도 쓰지 않았다. 앨리스는 그래도 혹시나 하는 기대로 한두 번 뒤를 돌아보았다. 마지막으로 봤을 때 모자장수와 3월토끼가 겨울잠쥐를 찻 주전자 속에 집어넣으려 낑낑대고 있었다.

"어쨌든 다시 저기 가나 봐라!"

숲길을 천천히 걸으며 앨리스가 말했다.

"내 평생 이렇게 터무니없는 다과회는 처음이야!"

이 말과 동시에 앨리스의 눈에 문이 달린 나무 한 그루가 들어왔다.

'정말 신기하네! 하지만 오늘은 온통 이상한 일 투성인걸. 당장 들어가 보는 게 좋겠어.'

앨리스는 이렇게 생각하며 안으로 들어갔다.

앨리스는 또다시 긴 복도의 작은 유리탁자로 오게 됐다.

"좋아, 이번엔 잘해 봐야지."

앨리스는 작은 황금열쇠를 집어 정원으로 난 문을 열었다. 그런 다음 버섯을 조금 뜯었다.(주머니에 한 조각 넣어 둔 게 있었다.) 키를 30센티미터 정도로 줄인 앨리스는 작은 통로를 따라 걸었다. 그리고 마침내 화려한 꽃밭과 시원한 분수가 있는 아름다운 정원으로 들어섰다.

8. 여왕의 크로케 경기장

정원 입구에 커다란 장미나무 한 그루가 서 있었다. 장미꽃들은 모두 하얀색이었는데, 정원사 세 명이 빨갛게 칠하느라 정신이 없었다. 이상한 생각이 든 앨리스는 자세히 보려고 가까이 다가갔다. 그러다 마침 그중 한 정원사가 말하는 소리를 들었다.

"조심해, 파이브! 물감을 그렇게 튀기면 어떡해!"

"나도 어쩔 수 없었어. 세븐이 내 팔꿈치를 쳤단 말이야."

파이브가 토라지며 말했다.

그러자 세븐이 고개를 들고는 쏘아붙였다.

"그래, 파이브! 언제나 제 잘못은 하나도 없지!"

"너야말로 가만히 있는 게 좋을걸!"

파이브가 말했다.

"어제 여왕님이 널 보고 목이 날아가도 시원찮은 놈이라고 하셨단 말이야!"

"왜?"

처음 말했던 정원사가 물었다.

"그건 네가 상관할 일이 아니야, 투!"

세븐이 말했다.

"그래, 투의 일은 아니지! 그러니까 내가 말해 줄게. 그건 요리사에게 양파 대신 튤립 뿌리를 가져갔기 때문이야."

파이브가 말했다.

세븐이 붓을 내동댕이치며 입을 열었다.

"나 원, 이렇게 억울한 일이……."

그 순간 세븐이 자신들을 지켜보고 있던 앨리스와 눈이 마주쳤고 갑자기 입을 다물었다. 다른 두 명도 주위를 돌아보더니 허리를 굽혀 인사했다.

앨리스가 약간 주저하며 물었다.

"왜 장미를 칠하고 계신지 여쭤 봐도 될까요?"

파이브와 세븐이 말없이 투를 바라보았다. 투가 나직하게 대답했다.

"그건 말이죠, 아가씨,

원래 이곳에 빨간 장미나무를 심어야 했는데 우리가 실수로 하얀 장미나무를 심었기 때문이랍니다. 만약 이 사실을 여왕님이 아시는 날엔 우리 목은 당장 날아가고 말 거예요. 그래서 이렇게 여왕님이 오시기 전에 열심히……."

이때 걱정스런 눈길로 정원을 살피고 있던 파이브가 소리쳤다.

"여왕님이다! 여왕님이 오신다!"

정원사들이 곧바로 몸을 던져 바닥에 얼굴을 대고 납작 엎드렸다. 수많은 발자국 소리가 들려왔다. 앨리스는 여왕을 보려고 주위를 두리번거렸다.

맨 먼저 병사 열 명이 클로버를 들고 나타났다. 납작한 직사각형 몸에 손과 발이 네 귀퉁이에 달린 것이 정원사와 같은 모습이었다. 다음으로 신하 열 명이 따랐다. 신하들은 온몸을 다이아몬드로 장식한 채 병사들처럼 두 줄로 걸어왔다. 다음은 왕자와 공주들 순서였다. 역시 모두 열 명이었는데, 손에 손을 잡고 짝을 지어 즐겁게 뛰어왔다. 다들 하트로 치장한 모습이었다. 그 뒤로 손님들이 줄을 이었다. 대부분 왕과 여왕들이었는데, 앨리스는 그 속에서 흰 토끼의 모습을 발견했다. 흰 토끼는 초조한 기색으로 이런저런 말에 웃으며 상대하느라 앨리스를 미처 보지 못하고 지나쳤다. 다음으로는 하트 잭이 진홍빛 벨벳 쿠션 위에 놓인 왕관을 들고 손님들 뒤를 따랐다. 그리고 이 성대한 행렬의 마지막으로 하트 왕과 하트 여왕이 모습을 드러냈다.

앨리스는 정원사들처럼 자기도 바닥에 엎드려야 하나 마나로 잠깐 고민했다. 하지만 아무리 생각해도 그런 규칙은 들어 본 기억이 없었다.

'게다가 저렇게 납작 엎드리면 아무 것도 볼 수 없을 텐데, 그렇게 되면 행렬이 무슨 소용이겠어?'

앨리스는 이렇게 생각하며 자리에 선 채 기다렸다.

행렬이 앨리스 앞에 이르자 모두들 걸음을 멈추고 앨리스를 쳐다보았다. 여왕이 엄하게 물었다.

"애는 누구냐?"

질문을 받은 하트 잭은 대답 대신 머리를 조아리며 헤벌쭉 웃기만 했다.

"멍청한 것!"

여왕이 짜증스럽게 고개를 젖히며 말했다. 그러고는 앨리스를 향해 물었다.

"이름이 뭐냐, 꼬마야?"
"앨리스라고 합니다, 여왕 폐하."
앨리스가 아주 공손하게 대답했다.
그리고 혼잣말로 이렇게 덧붙였다.
"뭐야, 고작 카드 한 벌일 뿐이잖아. 겁낼 필요 없다구!"

"이 자들은 또 누구냐?"

여왕이 장미나무 옆에 엎드려 있는 세 정원사를 가리키며 물었다. 셋 다 얼굴을 박고 있는데다 등에 난 무늬 역시 다른 카드들과 똑같았기 때문에 여왕은 그들이 정원사인지, 병사인지, 신하인지, 아니면 제 자식들인지 분간할 길이 없었다.

"제가 어떻게 알겠어요? 내 일도 아닌데."

앨리스는 이렇게 말하면서 스스로의 대범함에 깜짝 놀랐다.

여왕의 얼굴이 분노로 벌게졌고 사나운 짐승처럼 앨리스를 매섭게 노려보는가 싶더니 소리를 버럭 질렀다.

"저 아이의 목을 쳐라! 목을……."

"말도 안 돼요!"

앨리스가 큰 소리로 단호하게 외쳤다. 여왕이 잠잠해졌다.

왕이 여왕의 팔에 손을 올리며 조심조심 말했다.

"여보, 진정하구려. 겨우 어린애잖소!"

화가 난 여왕이 몸을 휙 돌리더니 카드 잭에게 명령했다.

"저것들을 뒤집어라!"

카드 잭이 한 발로 아주 조심스럽게 정원사를 뒤집었다.

"일어나라!"

크고 날카로운 여왕의 고함 소리에 세 정원사가 벌떡 몸을 일으키더니 왕과 여왕, 왕자와 공주 할 것 없이 모든 이들에게 넙죽넙죽

절을 하기 시작했다.

"그만! 어지럽단 말이야."

여왕이 소리를 꽥 질렀다. 그러고는 장미나무를 돌아보며 물었다.

"여기서 뭣들 하고 있었지?"

투가 한쪽 무릎을 꿇고는 황송해하며 말했다.

"존경하는 여왕 폐하, 소인들은⋯⋯."

그사이 장미를 살펴보던 여왕이 소리쳤다.

"아, 알았다! 저놈들의 목을 쳐라!"

행렬은 다시 움직이기 시작했고 세 병사만이 사형 집행을 위해 뒤에 남았다. 불쌍한 정원사들이 앨리스에게 도움을 청하러 달려왔다.

"그렇게 내버려 두진 않을 거예요!"

앨리스는 이렇게 말하며 옆에 있던 커다란 화분 안에 정원사들을 숨겼다. 세 병사가 죄인들을 찾아 잠시 두리번거리는가 싶더니 묵묵히 행렬 뒤를 쫓아갔다.

"목은 쳤느냐?"

여왕이 큰 소리로 물었다.

"목은 사라졌습니다, 여왕 폐하!"

병사들이 크게 대답했다.

"잘했구나! 크로케는 할 줄 아느냐?"

여왕이 소리쳤다.

병사들이 잠자코 앨리스를 쳐다보았다. 그건 분명 앨리스를 두고
한 말이었기 때문이다.

"네!"

앨리스가 외쳤다.

"그렇다면 이리 와!"

여왕이 고함을 질렀다. 행렬에 섞이게 된 앨리스는 다음엔 무슨
일이 벌어질지 무척 궁금했다.

"나, 날씨가 정말 좋지!"

옆에서 수줍은 목소리가 들려왔다. 흰 토끼가 앨리스의 눈치를 살피며 걷고 있었다.

"그래요. 그런데 공작부인은 어디 있어요?"

앨리스가 말했다.

"쉿! 쉿!"

흰 토끼가 나직한 소리로 다급하게 말했다. 흰 토끼는 어깨 너머를 힐끗거리더니 까치발을 들어 앨리스 귀에 입을 대고 이렇게 속삭였다.

"공작부인은 사형선고를 받았어."

"아니, 왜요?"

앨리스가 물었다.

"'안됐네요!' 라고 그랬니?"

토끼가 되물었다.

"아뇨. 안됐다는 생각은 들지 않아요. 난 그저 이유를 물은 것뿐이에요."

앨리스가 답했다.

"공작부인이 여왕의 따귀를 때렸는데……."

토끼가 입을 열었다. 앨리스가 킥킥거리며 작게 웃었다.

"쉿! 조용!"

깜짝 놀란 토끼가 속삭였다.

"여왕님이 듣겠어! 알다시피 공작부인이 조금 늦게 도착했거든. 그런데 여왕님 말씀이……."

"각자 위치로!"

여왕이 천둥같이 크게 소리를 지르자 사람들이 서로 부딪쳐 가며 사방팔방 뛰기 시작했다. 그러나 잠시 후 다들 제자리를 잡았고 경기가 시작되었다. 앨리스는 태어나서 이렇게 이상한 경기장은 처음 보는 듯 했다. 바닥은 고른 데라고는 하나 없이 온통 울퉁불퉁하고, 공은 살아 있는 고슴도치에, 방망이는 살아 있는 홍학인데다 병사들은 몸을 둥글게 구부리고 두 손으로 땅을 짚어 골대를 만들었다.

홍학을 다루는 것부터가 앨리스에겐 골칫거리였다.

일단 홍학의 다리를 늘어뜨리고 몸통을 편안하게 안아 팔 밑으로 집어넣는 데는 성공했다. 하지만 앨리스가 홍학의 목을 똑바로 세워 머리로 고슴도치를 한방 날리려고 하면 홍학이 목을 돌리고 어리둥절한 표정으로 앨리스를 올려다보는 바람에 도저히 웃음을 참을 수가 없었다. 다시 홍학의 머리를 밑으로 돌려놓고 시작하려고 하면 이번엔 고슴도치가 말린 몸을 펴고 다른 데로 기어가는 통에 이만저만 약이 오르는 게 아니었다. 게다가 앨리스가 고슴도치를 쳐서 보내고 싶은 곳은 어디나 다 울퉁불퉁했고 구부렸던 병사들도 걸핏하면 일어나 다른 쪽으로 가버렸다. 얼마 지나지 않아 앨리스는 경기 자체가 정말 어렵다는 결론을 내렸다.

선수들은 제 차례를 기다리지도 않고 동시에 경기를 했고 고슴도치를 차지하려고 내내 싸워 댔다. 여왕은 금세 불같이 화가 나서는 발을 쿵쿵 울리며 돌아다녔고 일분에 한 번꼴로 이렇게 소리 질렀다.

"이 놈의 목을 쳐라!"

"저 놈의 목을 쳐라!"

앨리스는 점점 불안한 마음이 들었다. 지금까지는 여왕과 크게 부딪친 적이 없지만 언제 그런 일이 일어날지 모를 일이었다. 앨리스는 생각했다.

'그럼 난 어떻게 될까? 여기 사람들은 목 베는 걸 이렇게나 좋아하는데. 살아 있는 사람이 있다는 게 정말 신기하다니까!'

앨리스는 도망칠 길을 찾아 두리번거리며, 과연 들키지 않고 빠져나갈 수 있을까 생각하다가 공중에서 이상한 것을 보게 되었다. 처음엔 앨리스도 무척 당황했다. 하지만 잠시 후 그것이 싱긋이 웃는 미소임을 알아채고는 이렇게 중얼거렸다.

"체셔 고양이잖아. 이제야 말 상대가 생겼군."

"잘 지냈니?"

말을 할 수 있을 만큼의 입이 생기자 고양이가 인사를 건넸다.

앨리스는 눈이 나타날 때까지 기다렸다가 고개를 끄덕였다.

앨리스는 생각했다.

'지금은 말해 봤자 아무 소용없어. 두 귀가, 아니 한쪽 귀라도 나타나야 들을 수 있을 테니 말이야.'

잠시 후 머리 전체가 나타났다. 앨리스는 자신의 말을 들어줄 상대가 생겼다는 사실에 무척 기뻐하며 경기에 대해 떠들어 대기 시작했다. 고양이는 이 정도면 됐다 싶었는지 더 이상 몸통을 드러내지 않았다.

"선수들이 경기를 제멋대로 하고 있어."

앨리스가 불만 섞인 목소리로 입을 열었다.

"다들 어찌나 싸우는지 무슨 말인지 알아듣지도 못해. 일정한 규칙도 없는 것 같고 설사 있다 해도 아무도 신경 쓰지 않을 거야. 온통 살아 움직이는 통에 정신은 또 얼마나 없는지 아니? 공을 넣어야 할 골대가 건너편에서 이리저리 걸어 다니는가 하면 내가 쳐야 할 여왕의 고슴도치는 내 고슴도치가 오는 걸 보고 도망을 가버린다구."

"여왕은 마음에 드니?"

고양이가 소리를 낮춰 물었다.

"전혀. 여왕은 완전……."

순간 여왕이 뒤에서 엿듣고 있다는 사실을 눈치 챈 앨리스는 이렇게 말을 이었다.

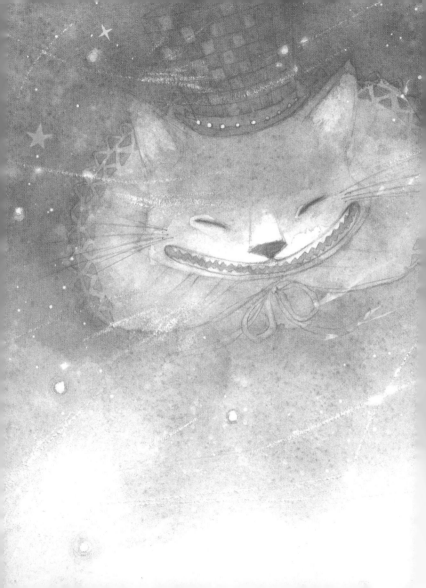

"이길 게 확실해. 경기는 해보나 마나라구."

여왕이 웃으며 지나갔다.

"누구랑 얘기하는 거냐?"

왕이 앨리스에게 다가오며 아주 신기하다는 듯 고양이 머리를 바라보았다.

"제 친구, 체셔 고양이입니다. 소개해 드릴게요."

앨리스가 말했다.

"생긴 게 마음에 들지 않는구나. 그래도 원한다면 내 손에 입을 맞춰도 좋다."

왕이 말했다.

"싫은데요."

고양이가 대꾸했다.

"무엄하구나. 그리고 그런 식으로 쳐다보지 마라!"

그렇게 말하며 왕은 앨리스 뒤로 몸을 숨겼다.

"고양이도 왕을 볼 권리가 있대요. 어떤 유명한 책에서 읽었어요. 어디쯤에 나왔는지는 기억나지 않지만요."

앨리스가 말했다.

"어쨌든 저 고양인 없어져야 해."

왕이 단호하게 말하더니 지나가던 여왕을 불렀다.

"여보! 이 고양이 좀 없애 주구려!"

크건 작건 모든 골칫거리를 잠재우는 여왕의 방법은 오직 한 가지뿐이었다. 여왕은 돌아보지도 않고 말했다.

"저 놈의 목을 쳐라!"

"내가 직접 사형 집행인을 불러와야겠다."

왕이 서둘러 자리를 떴다.

멀리서 여왕의 성난 목소리가 들려오자 앨리스는 크로케 경기가 어떻게 진행되는지 가서 보기로 했다. 여왕은 이미 제 차례를 잊었다는 이유로 선수 세 명에게 사형선고를 내린 뒤였다. 앨리스는 자기 차례가 언제인지도 모를 정도로 뒤죽박죽인 경기가 보기 싫어졌다. 그래서 자신의 고슴도치를 찾으러 나섰다.

마침 앨리스의 고슴도치는 다른 고슴도치와 싸움이 붙은 참이었다. 앨리스 입장에서는 한 놈으로 다른 놈을 칠 수 있는 좋은 기회인 셈이었다. 딱 하나 문제가 있다면 홍학이 경기장 반대편으로 가버렸다는 사실이었다. 홍학이 나무 위로 날아오르겠다고 버둥대는 모습이 저만치 눈에 들어왔다.

앨리스가 홍학을 붙잡아 돌아왔을 때는 이미 싸움은 끝난 상태였고, 고슴도치 두 마리도 어디론가 사라지고 없었다.

앨리스는 속으로 생각했다.

'그래도 상관없어. 어차피 골대도 가버리고 없는걸.'

그래서 앨리스는 홍학이 다시 도망치지 못하도록 옆구리에 꼭 끼고 친구와 얘기나 더 나눌까 하는 생각으로 고양이에게 돌아갔다.

체셔 고양이가 있는 곳에 도착한 앨리스는 고양이 주변에 사람들이 잔뜩 몰려 있는 걸 보고 깜짝 놀랐다. 사형 집행인과 왕과 여왕이 앞다투어 논쟁을 벌이고 있었고, 나머지 사람들은 입을 꾹 다문 채 안절부절못하는 기색이었다.

앨리스가 나타나자마자 세 사람은 문제를 해결해 달라며 자신들의 주장을 되풀이했다. 하지만 한꺼번에 떠들어 대는 통에 도대체가 무슨 말인지 알아들을 수가 없었다.

사형 집행인은 몸이 없는데 어떻게 목을 벨 수 있냐며 하소연했다. 지금껏 그런 일은 해본 적도 없을 뿐 아니라 이 나이에 다시 시작할 생각도 없다고 말했다.

왕은 머리가 있는데 왜 목을 못 베냐며, 말도 안 되는 소리 말라고 사형 집행인을 다그쳤다.

여왕은 또 여왕대로 지금 당장 문제를 해결하지 않으면 여기 있는 사람들을 모두 사형시키겠다고 협박했다. (사람들 표정이 그렇게 어둡고 걱정스러워 보인 것도 다 여왕의 이 말 때문이었다.)

앨리스는 달리 뾰족한 말이 떠오르지 않아 이렇게 말했다.

"저 고양이 주인은 공작부인이에요. 공작부인에게 물어보는 게 좋겠어요."

여왕이 사형 집행인에게 말했다

"그 여잔 지금 감옥에 있어. 가서 데려와."

사형 집행인이 쏜살같이 달려갔다.

사형 집행인이 떠나자마자 고양이 머리가 서서히 없어지기 시작하더니 사형집행인이 공작부인과 함께 돌아왔을 때는 완전히 사라져 버렸다. 그러자 왕과 사형집행인은 고양이를 찾아 미친 듯이 날뛰었고, 그러는 동안 다른 사람들은 다시 경기를 하러 갔다.

9. 가짜 거북의 이야기

"다시 보니 얼마나 반가운지
모르겠구나, 얘야."

　공작부인이 다정하게 앨리스의 팔짱을 끼며 말했다. 그리고 두
사람은 함께 걸었다.
　공작부인의 기분이 좋아 보였으므로 앨리스도 무척 기뻤다.
부엌에서 만났을 때 공작부인이 거칠게 군 이유는 아마도 후추
때문이 아닐까 싶었다.

"내가 공작부인이 된다면……."

앨리스가 중얼거렸다. (하지만 그다지 바라는 투는 아니었다.)

"후추는 절대 부엌에 두지 말아야지. 후추를 안 넣어도 수프는 맛있게 끓일 수 있어. 어쩌면 사람들이 그렇게 사나운 것도 후추 탓인지 몰라."

앨리스는 새로운 규칙을 발견했다는 사실에 무척 기뻐하며 계속 중얼거렸다.

"식초는 사람들을 심술궂게 만들고, 약은 사람들의 마음을 독하게 만들어. 또 사탕 같은 것들은 아이들을 달콤하게 길들이지. 사람들이 이 사실을 안다면 얼마나 좋을까. 그러면 사탕 때문에 그렇게 쩨쩨하게 굴진 않을 텐데 말이야."

앨리스는 제 생각에 빠져 공작부인을 까맣게 잊고 있다가 공작부인의 목소리가 귓전에 들려오자 흠칫 놀랐다.

"딴생각을 하는구나, 얘야. 말하는 것도 잊을 정도로 말이야. 지금 당장은 여기에 맞는 교훈이 떠오르지 않는다만, 좀 있으면 기억이 날 거야."

"어쩌면 교훈이 없을 수도 있죠."

앨리스가 겁도 없이 대꾸했다.

"쯧! 쯧! 얘야! 찾기만 한다면 교훈은 어디에나 있는 법이란다."

공작부인은 이렇게 말하며 앨리스 쪽으로 몸을 바짝 붙였다.

앨리스는 공작부인이 그렇게 붙어 있는 게 달갑지 않았다. 우선 공작부인은 얼굴이 너무 못생겼고, 둘째로 앨리스 어깨에 턱을 얹기 딱 좋은 키인데다 턱은 또 어찌나 뾰족한지 불편하기 그지없었기 때문이다. 그래도 앨리스는 무례하게 굴고 싶지 않았으므로 참는 데까지는 참아 보기로 했다.

"이제 경기가 제대로 돌아가네요."

대화를 이어 갈 생각으로 앨리스가 말을 건넸다.

"그래, 그리고 그것의 교훈은 말이야. '오, 사랑, 사랑이여. 세상을 돌아가게 하는 힘이여!'"

"하지만 누구는 그러던 걸요. 사람들이 자기 일에만 신경 써야 세상이 빨리 돌아가는 법이라고."

앨리스가 작은 소리로 말했다.

"아, 그럼! 그게 다 같은 말이란다."

공작부인이 뾰족한 턱으로 앨리스의 어깨를 꾹 누르며 덧붙였다.

"그리고 그것의 교훈은 말이야. '의미에 신경 써라, 소리는 저절로 따라오게 마련이다.'"

'뭐든 교훈 타령이야!'

앨리스는 속으로 생각했다.

"넌 내가 왜 네 허리에 팔을 두르지 않는지 궁금할 거야."

잠시 후 공작부인이 입을 열었다.

"그건 네 홍학이 얌전한지 어떤지 몰라서란다. 한번 시험 삼아 팔을 둘러볼까?"

"쪼아 댈지도 몰라요."

마뜩찮은 기색으로 앨리스가 조심스럽게 대꾸했다.

"맞아."

공작부인이 말했다.

"홍학이나 겨자나 쪼아대는 건 마찬가지란다. 그리고 이 말의 교훈은 '새들은 끼리끼리 어울린다.' 이거야."

"하지만 겨자는 새가 아닌걸요."

앨리스가 말했다.

"그렇긴 하지. 넌 참 똑똑하구나."

"제 생각에 그건 광물 같아요."

앨리스가 말했다.

"그럼, 그렇고 말고."

공작부인은 이제 앨리스의 말이라면 무조건 맞장구를 칠 기세였다.

"이 근처에 큰 겨자 산이 있단다. 그리고 이 말의 교훈은 '산 넘어 산'이라는 거야."

앨리스가 공작부인의 교훈은 귀담아 듣지도 않고 소리쳤다.

"아, 알았어요! 겨자는 채소예요. 그렇게 보이진 않지만 채소가 확실해요."

공작부인이 말했다.

"그렇고 말고. 그리고 그것의 교훈은 말이야, '다른 사람 눈에 보이는 대로 행동하라.' 좀 더 간단히 말하면, '절대 네 자신이 다른 사람의 눈에 비치는 모습과 다르다고 생각하지 마라. 과거의 네 모습이나 너였을지도 모르는 모습은 그 이전에 다른 사람들에게 보였던 너의 모습과 다르지 않으니까.'"

"글로 써 있다면 더 잘 이해했을 텐데 말로만 들어서는 잘 모르겠어요."

앨리스가 아주 공손하게 말했다.

"마음만 먹으면 더 얘기하는 건 일도 아냐."

공작부인이 기분 좋은 듯 대답했다.

"힘드실 텐데 제발 더 말씀 안 하셔도 돼요."

앨리스가 말했다.

"힘들다니!"

공작부인이 소리쳤다.

"내가 지금껏 한 얘기를 네게 모두 선물로 주마."

앨리스는 생각했다.

'정말 시시한 선물도 다 있군! 사람들이 생일선물로 주지 않는 게 천만다행이지 뭐야!'

그렇지만 큰 소리로 말할 용기까지는 내지 못했다.

"또 딴생각이니?"

공작부인이 뾰족한 턱으로 앨리스의 어깨를 다시 누르며 물었다.

"저도 생각할 권리가 있다구요."

앨리스는 약간 성가시다는 느낌이 들어 톡 쏘아붙였다.

"돼지가 날 권리만큼은 있겠지. 그리고 그것의 교……."

놀랍게도 공작부인의 목소리가, 그것도 자신이 좋아하는 '교훈' 대목에서 갑자기 잦아들더니 앨리스의 팔에 끼고 있던 팔까지 떨기 시작했다. 앨리스가 고개를 드니 팔짱을 낀 여왕이 무시무시한 폭풍처럼 잔뜩 일그러진 얼굴로 두 사람 앞에 떡하니 서 있었다.

"좋은 날입니다, 여왕 폐하!"

공작부인이 기어들어 가는 목소리로 인사를 했다.

여왕이 발을 쾅쾅 구르며 소리쳤다.

"내 분명히 경고하는데, 네가 꺼지든지 네 목이 날아가든지 둘 중 하나 선택해. 그것도 지금 당장! 어서!"

공작부인이 선택을 했다. 그러고는 순식간에 사라져 버렸다.

"경기하러 가자."

여왕이 앨리스에게 말했다.

앨리스는 겁에 질려 한마디도 못한 채 여왕의 뒤를 따라 천천히 경기장으로 향했다.

다른 손님들은 여왕이 자리를 비운 틈을 타 그늘에서 쉬고 있었다. 하지만 여왕을 보자마자 서둘러 경기를 다시 시작했고, 여왕은 조금이라도 늑장 부렸다간 목이 남아나지 않을 줄 알라며 으르렁댔다.

경기 내내 여왕은 다른 선수들과 쉴 새 없이 싸움을 하며 걸핏하면 "이 놈의 목을 쳐라!", "저 놈의 목을 쳐라!" 고래고래 고함을 질러 댔다. 사형선고를 받은 사람을 가두는 일은 병사들 몫이었으므로 병사들은 당연히 골대 노릇을 그만두어야 했다. 그렇게 반 시간쯤 지나자 결국 골대는 하나도 남지 않게 되었고 왕과 여왕, 앨리스를 제외한 모든 선수들이 사형선고를 받아 감옥에 갇히고 말았다.

이윽고 여왕이 경기를 멈추고는 숨을 헐떡이며 앨리스에게 물었다.

"가짜 거북을 본 적이 있느냐?"

"아뇨. 전 가짜 거북이 뭔지도 모르는걸요."

앨리스가 대답했다.

"가짜 거북 수프 만드는 재료 말이다."

여왕이 말했다.

"전 본 적도, 들은 적도 없는데요."

앨리스가 말했다.

"그렇다면 이리 와. 가짜 거북이 자기 이야기를 들려줄 게다."

여왕이 말했다.

두 사람이 자리를 뜨려 할 때 앨리스는 왕이 사람들에게 속삭이는 소리를 들었다.

"너희들을 모두 사면하노라."

"야, 정말 잘됐다!"

여왕이 사형선고를 너무 많이 내려 마음이 아팠던 앨리스는 그제야 가슴을 쓸어내렸다.

　얼마 안 가 여왕과 앨리스는 햇볕 아래서 곯아떨어져 자고 있는 그리핀을 만났다. (그리핀을 모르는 사람은 그림을 보시라.)

　"일어나, 이 게으름뱅이야!"

　여왕이 말했다.

　"이 꼬마 아가씨를 가짜 거북에게 데려다 줘. 그리고 가짜 거북에게 이야기를 해주라고 해. 난 돌아가서 사형집행을 봐야 하니까."

　그런 다음 여왕은 앨리스를 그리핀에게 맡긴 채 서둘러 가버렸다. 앨리스는 그리핀의 생김새가 썩 마음에 들지는 않았지만 무지막지한 여왕을 쫓아가나 이 괴물과 함께 있으나 마찬가지라는 생각이 들어서 잠자코 기다렸다.

그리핀이 일어나 앉아 눈을 비볐다. 그리고 여왕이 보이지 않을 때까지 묵묵히 지켜보다가 킬킬거리며 웃었다.

"정말 웃겨!"

그리핀이 혼잣말인지 앨리스에게 하는 말인지 모르게 중얼거렸다.

"뭐가 그렇게 웃긴데요?"

앨리스가 물었다.

"그야 여왕이지. 저게 다 여왕의 상상이거든. 사실은 아무도 처형당하지 않아. 이리 와!"

'여기선 다들 '이리 와!' 라고 말하는군.'

앨리스는 그리핀을 천천히 따라가며 생각했다.

'내 평생 이렇게 명령을 많이 받아 본 적은 없을 거야, 진짜!'

얼마 가지 않아 저 멀리 가짜 거북이 눈에 들어왔다. 가짜 거북은 뾰족 튀어나온 작은 바위 위에 혼자 앉은 채 외롭고 슬픈 표정을 짓고 있었다. 좀 더 가까이 다가가자 가슴이 찢어질 듯한 거북의 한숨 소리가 들려왔다. 앨리스는 가짜 거북이 너무 가여웠다.

"왜 저렇게 슬퍼하는 거죠?"

앨리스가 그리핀에게 물었다. 그러자 그리핀은 조금 전과 똑같은 대답을 했다.

"다 자기 상상일 뿐이야. 슬픈 일 따위는 없어. 이리 와!"

둘은 가짜 거북에게로 가까이 다가갔다. 가짜 거북은 커다란 눈에 눈물을 그렁그렁 매단 채 쳐다보기만 할 뿐 아무 말이 없었다.

"여기 이 아가씨가 자네 사연을 듣고 싶다는군."

그리핀이 입을 열었다.

"그럼 얘기해 주지."

거북이 깊게 가라앉은 목소리로 말했다.

"둘 다 앉아. 그리고 내 얘기가 끝날 때까지 입도 뻥긋하지 마."

그리핀과 앨리스가 자리에 앉았고 한동안 아무도 입을 열지 않았다. 앨리스는 생각했다.

'얘기를 시작도 안 하면서 어떻게 끝이 난다는 거야?'

하지만 앨리스는 참을성 있게 기다렸다.

마침내 거북이 꺼질 듯 한숨을 내쉬며 말문을 열었다.

"나도 한때는 진짜 거북이었어."

그리고 다시 오랜 침묵이 이어졌다. 간간이 터져 나오는 그리핀의 "흐즈크르!"하는 탄성과 가짜 거북의 구슬픈 흐느낌만이 정적을 깰 뿐이었다. 앨리스는 하마터면 자리에서 일어나 "이야기 재미있게 잘 들었습니다."라고 말할 뻔했지만 틀림없이 그 뒷이야기가 남아 있을 것 같아서 묵묵히 자리를 지켰다.

"우리가 어렸을 때 말이야."

드디어 거북의 입이 열렸다. 여전히 훌쩍이긴 해도 훨씬 차분해진 목소리였다.

"바다에 있는 학교에 다녔단다. 선생님은 늙은 거북이었는데, 우리는 그분을 갈치라고 불렀어."

"갈치가 아닌데 왜 갈치라고 불렀어요?"

앨리스가 물었다.

"그야 선생님이 우리를 갈쳤으니까 그렇게 불렀지. 넌 정말 멍청하구나!"

가짜 거북이 답답하다는 듯 화를 냈다.

"그런 것도 질문이라고 하다니 창피하지도 않니?"

그리핀도 거들었다. 그러더니 둘이 입을 꾹 다물고는 불쌍한 앨리스를 쳐다보았다. 앨리스는 그만 땅속으로 꺼져 버리고 싶은 심정이었다. 마침내 그리핀이 가짜 거북에게 말했다.

"얘기 계속해, 친구! 하루 종일 그러고 있을 셈이야!"

그러고는 이렇게 덧붙였다.

"그래, 우린 바다 학교에 다녔어. 넌 안 믿을지도 모르지만……."

"안 믿는다고 말한 적 없거든요!"

앨리스가 끼어들었다.

"말했어."

가짜 거북이 말했다.

"입 다물어!"

앨리스가 다시 뭐라 하기도 전에 그리핀이 입을 막았다. 가짜 거북이 말을 이었다.

"우린 최고의 교육을 받았지. 학교에도 매일 다녔다니깐."

"학교는 나도 다녀요. 그렇게 으스댈 일이 아니라구요."

앨리스가 말했다.

"별도수업도 했어?"

가짜 거북이 약간 긴장한 듯 물었다.

"그럼요. 프랑스어와 음악을 배웠어요."

앨리스가 대답했다.

"그럼 세탁은?"

가짜 거북이 물었다.

"당연히 아니죠!"

앨리스가 벌컥 화를 냈다.

"하! 그렇다면 진짜 좋은 학교는 아니었네."

가짜 거북이 한시름 놓았다는 듯 말했다.

"우리 학교 등록금 청구서 맨 끝에는 '프랑스어, 음악, 세탁은 별도'라고 적혀 있었거든."

"바다 밑에 살아서 세탁할 일은 별로 없었을 텐데요."

앨리스가 말했다.

"난 형편이 좋지 않아 기본 과목밖에 못 배웠어."

가짜 거북이 한숨을 쉬었다.

"기본 과목이 뭐였는데요?"

앨리스가 물었다.

"처음엔 당연히 막말하기와 악쓰기를 배우지."

가짜 거북이 대답했다.

"그다음엔 수학의 일종인 더 일하기, 힘 빼기, 꼽꼽하기, 나눠
먹기를 배웠지."

"'꼽꼽하기'란 말은 들어본 적이 없어요. 그게 뭐죠?"

앨리스가 용기를 내어 물었다.

깜짝 놀란 그리핀이 양발을 치켜들며 소리쳤다.

"뭐! '꼽꼽하기'를 들어 본 적이 없다구! 그럼 '마르기'는 알겠지?"

앨리스가 갸우뚱하며 대답했다.

"네. 그건 물기가 없어진다는 뜻이잖아요."

"뭐, 그런데도 '꼽꼽하기'를 모른다면 네가 바보란 소리지."

그리핀이 말했다.

앨리스는 더 이상 꼬치꼬치 캐묻고 싶지 않아 가짜 거북에게 말했다.

"그 외에 또 어떤 걸 배웠는데요?"

"음, 탐사 과목이 있었어."

가짜 거북이 네 발을 꼽아 가며 과목의 수를 세었다.

"고대, 현대 탐사와 해양지리 그리고 끓이기를 배웠어. 끓이기 선생님은 늙은 붕장어였는데 일주일에 한 번 오곤 했지. 우리한테 끓이기와 종이 줍기, 판화 찍기를 가르치셨어."

"그게 어떤 거죠?"

앨리스가 물었다.

"이젠 몸이 말을 안 들어서 보여 줄 수가 없어. 그리핀은 배운 적이 없고."

"시간이 없어서 못 배운 거야. 그래도 고전 수업은 들었다구. 나이 많은 '게 선생님'이 가르치셨지, 그럼."

그리핀이 말했다.

"난 그 선생님 수업은 듣지 못했어. 웃기와 슬퍼하기를 가르쳤다던데."

가짜 거북이 한숨을 내쉬며 말했다.

"그랬지, 그랬어."

이번엔 그리핀마저 한숨을 쉬었다. 그러고는 둘 다 발에 얼굴을 묻었다.

"그럼 하루에 수업은 몇 시간이나 했어요?"

앨리스가 화제를 바꾸려고 재빨리 물었다.

"첫 날에는 열 시간, 다음 날엔 아홉 시간, 뭐, 그런 식이었지."

가짜 거북이 대답했다.

"정말 이상한 시간표네요!"

앨리스가 소리쳤다.

"수업 일수가 매일 줄어드니까 수가 없어진다고 해서 '수업'이라 부르는 거잖아."

그리핀이 대꾸했다.

그건 앨리스로서는 아주 색다른 생각이었다. 앨리스는 잠시 생각한 후 이렇게 말했다.

"그럼 열한 번째 날은 휴일이겠네요?"

"물론이지."

가짜 거북이 대답했다.

"그러면 열두 번째 날은 어떻게 되는 거죠?"

앨리스가 진지하게 물었다.

"수업 이야기는 이 정도면 됐어."

그리핀이 단호한 목소리로 말을 끊었다.

"이제 놀이 얘기나 해줘."

10. 바닷가재 카드리유

(두 쌍의 남녀가 한 조가 되어 서로
마주 보며 추는 프랑스 춤으로
18세기 후반과 19세기 초 유럽에서 유행함.)

* * *

가짜 거북이 한숨을 깊이 내쉬더니 한쪽 발등으로 눈을 가렸다.
그러고는 앨리스를 바라보며 무슨 말인가를 하려고 했지만 한동안
훌쩍거린 탓에 목이 메어 말이 나오지 않았다.

"목에 가시라도 걸린 것 같군."

그리핀이 가짜 거북을 흔들며 등을 치기 시작했다. 마침내 목이 풀린 가짜 거북이 뺨 위로 눈물을 줄줄 흘리며 다시 입을 열었다.

"넌 바다 밑에서 많이 살아 보지 못했을 거야. ('맞아요.' 라고 앨리스가 대답했다.) 어쩌면 바닷가재와 인사를 나눈 적도 없겠군. (앨리스는 '한 번 먹어 본 적은……' 하고 말하려다 황급히 입을 다물고 '네, 없어요.' 라고 대답했다.) 그러니 바닷가재 카드리유가 얼마나 재미있는 춤인지도 알 턱이 없겠지!"

"네, 몰라요. 어떤 춤인데요?"

그리핀이 대답했다.

"음, 먼저 해변을 따라 길게 한 줄로 늘어선 다음에……."

"두 줄이야!"

가짜 거북이 소리치며 말을 이었다.

"물개, 거북, 연어 등이 줄을 지어 서는 거야. 그런 다음 해파리들을 깨끗이 치우고……."

"그건 시간이 좀 걸리는 일이지."

그리핀이 끼어들었다.

"두 발짝 앞으로 나가고……."

"각자 바닷가재와 짝을 지어서!"

그리핀이 소리쳤다.

"그렇지. 짝을 지어 두 발짝 앞으로……."

가짜 거북이 말했다.

"바닷가재를 바꾸고 같은 순서로 물러나고."

그리핀이 이었다.

"그런 다음 던지는 거지."

가짜 거북이 말했다.

"바닷가재를 말이야!"

그리핀이 펄쩍 뛰어오르며 소리쳤다.

"될 수 있는 대로 멀리멀리."

"그런 다음 바닷가재를 쫓아 헤엄을 치는 거야!"

그리핀이 외쳤다.

"바다 속에서 재주넘기를 하면서!"

가짜 거북이 소리치며 신이 난 듯 껑충껑충 뛰었다.

"이제 바닷가재를 바꿔!"

그리핀이 크게 외쳤다.

"그리고 다시 육지로 돌아가면 처음 동작이 끝나는 거야."

갑자기 가짜 거북의 목소리가 축 가라앉았다. 내내 미친 듯 펄쩍대던 두 동물은 다시 잔뜩 슬픈 표정으로 묵묵히 앉아 앨리스를 바라보았다.

"정말 멋진 춤일 것 같아요."

앨리스가 조심스럽게 말했다.

"조금 보여 줄까?"

가짜 거북이 물었다.

"많이 보여 주세요."

앨리스가 대답했다.

"이봐, 첫 동작만 한번 해보자! 바닷가재 없이도 할 수 있을 거야. 노래는 누가 부를까?"

가짜 거북이 그리핀에게 말했다.

"네가 불러. 난 가사 다 까먹었어."

그리핀이 말했다.

그리하여 둘은 앨리스 주위를 돌며 진지하게 춤을 추기 시작했다.
가끔은 너무 가깝게 돌다 앨리스 발을 밟기도 하고, 가짜 거북이
부르는 느리고 구슬픈 가락에 박자를 맞추느라 앞발을 까딱거리기도
했다.

"좀 더 빨리 걸을래?" 광어가 달팽이에게 말했네.
연어가 뒤에 바짝 붙어서 꼬리를 밟고 있어.
바닷가재들과 거북이들이 얼마나 열심히 나아가는지 좀 봐!
다들 자갈 해변에서 기다리고 있어. 와서 함께 춤 출래?

출래? 말래? 출래? 말래? 같이 출래?
출래? 말래? 출래? 말래? 같이 안 출래?

"얼마나 신나는지 넌 모를 거야.
바닷가재와 함께 바다로 내던져질 때의 그 기분!"
하지만 달팽이는 눈을 흘기며 대답했네.
"너무 멀어, 너무 멀어!"

광어에게 말은 고맙지만 춤은 추지 않겠다고 했네.
안 춰, 못 춰, 안 춰, 못 춰, 추지 않을래.
안 춰, 못 춰, 안 춰, 못 춰, 춤출 수 없어.

"멀리 가는 게 뭐 어때서?" 비늘 있는 친구가 말했네.
건너편에도 해변은 있어.
영국에서 멀어지면 프랑스에는 가까워지는 거야.
그러니까 이 친구야, 무서워 말고 함께 춤을 추자꾸나.
출래? 말래? 출래? 말래? 같이 출래?
출래? 말래? 출래? 말래? 같이 안 출래?

"고마워요. 춤이 정말 재미있네요."

마침내 춤이 끝났다는 생각에 무척 기뻐하며 앨리스가 말했다.

"광어에 관한 그 이상한 노래도 아주 마음에 들어요."

"아, 광어라면 말이지, 광어는……. 물론 광어를 본 적은 있겠지?"

가짜 거북이 물었다

"네. 종종 저녁 식……."

앨리스는 얼른 입을 다물었다.

"'저녁 식'이 어딘지는 잘 모르겠지만, 아무튼 종종 봤다니 광어가 어떻게 생겼는지는 알겠구나."

가짜 거북이 말했다.

"그런 것 같아요."

앨리스가 곰곰이 생각하며 대답했다.

"꼬리를 입에 물고……, 온몸에 빵가루를 뒤집어쓰고 있어요."

"빵가루는 틀렸어. 빵가루는 바닷물에 다 씻겨 버리거든. 하지만 꼬리를 입에 물고 있기는 하지. 왜냐하면……."

가짜 거북이 하품을 하며 눈을 감았다. 그러고는 그리핀에게 말했다.

"왜 그런지 말 좀 해줘. 나머지 얘기도 함께 말이야."

그리핀이 입을 열었다.

"왜냐하면 광어들이 바닷가재랑 춤을 추러 가서 그래. 그 바람에 바다로 던져졌거든. 광어들은 멀리 나가떨어져야 했어. 그래서 재빨리 꼬리를 입 안에 집어넣었지. 그러고는 다시 꼬리를 빼내지 못했어. 그게 다야."

"고마워요. 정말 재미있는 얘기네요. 전에는 광어에 대해 이렇게 많이 알지 못했어요."

앨리스가 말했다.

"원한다면 더 얘기해 줄 수도 있어."

그리핀이 말했다.

"광어를 왜 광어라고 부르는지 알아?"

"그런 건 한 번도 생각해 본 적이 없어요. 왜죠?"

앨리스가 물었다.

"장화와 구두를 닦기 때문이야."

그리핀이 아주 진지하게 대답했다.

어안이 벙벙해진 앨리스가 이상하다는 듯 물었다.

"장화와 구두를 닦는다구요?"

"그래, 네 구두는 무엇으로 닦니? 그러니까 뭘 가지고 광을 내냐, 이 말이야."

그리핀이 물었다.

앨리스는 구두를 내려다보며 잠시 생각해 본 후 대답했다.

"구두약인 것 같은데요."

"바다 속에서는 광어로 광을 낸단다. 이제 알겠니?"

그리핀이 굵직한 목소리로 말했다.

"그럼 신발은 뭐로 만들어요?"

앨리스가 호기심에 가득 찬 목소리로 물었다.

"그야 물론 깔창은 갈치로 만들고, 가죽은 가자미를 쓰지. 그 정도는 작은 새우도 다 알겠다."

그리핀이 답답하다는 듯 대꾸했다.

앨리스가 여전히 노래 생각에 빠져서는 이렇게 말했다.

"내가 만약 광어였다면 연어에게 '제발 떨어져. 너랑 같이 있기 싫어!' 라고 말했을 거예요."

"그건 어쩔 수 없는 일이야. 똑똑한 물고기라면 어디든 연어와 함께 다니니까."

가짜 거북이 말했다.

"정말요?"

앨리스가 깜짝 놀라며 물었다.

"당연하지. 만약 어떤 물고기가 나한테 와서 여행을 간다고 하면 난 꼭 물어봐. '무슨 연어로 가는데?' 하고 말이야."

가짜 거북이 말했다.

"혹시 무슨 '연유' 아닌가요?"

앨리스가 물었다.

"내가 말한 그대로라니까."

가짜 거북이 기분이 상한 듯 대답했다. 이어서 그리핀이 말했다.

"자, 이제 네 모험담이나 들어 보자."

앨리스가 약간 머뭇거리며 입을 열었다.

"제 모험은, 그러니까 오늘 아침부터였다고 할 수 있어요. 어제 이야기는 아무 의미가 없어요. 전 어제의 제가 아니거든요."

"자세히 설명해 봐."

가짜 거북이 말했다.

"안 돼! 안 돼! 모험 이야기가 먼저야. 설명이 얼마나 시간을 잡아먹는데 그래."

그리핀이 안달하며 말했다.

그래서 앨리스는 맨 처음 흰 토끼를 보았을 때부터 이야기를 풀어 나가기 시작했다. 가짜 거북과 그리핀이 두 눈을 부릅뜨고 입을 쩍 벌린 채 양 옆에 바짝 붙어 앉아 있어서 처음엔 약간 떨리기도 했지만 이야기를 할수록 점점 더 용기가 생겼다. 두 청중은 앨리스가 애벌레 앞에서 '아버지 윌리엄'을 외우는 대목까지 숨을 죽인 채 가만히 듣고 있었다. 그러다 단어가 전부 다르게 나왔다는 말에 가짜 거북이 숨을 길게 들이쉬며 입을 열었다.

"거 참 이상하네."

"이렇게 이상할 데가 있나."

그리핀이 맞장구를 쳤다.

"전부 다 달랐단 말이지!"

가짜 거북이 생각에 잠겨 되풀이했다.

"저 애가 외우는 걸 지금 들어 봐야겠어. 시작하라고 해."

가짜 거북은 그리핀이 앨리스에게 이래라저래라 할 권리가 있다고 생각하는지 그리핀을 쳐다보았다.

"일어서서 '이것은 게으름뱅이의 목소리'를 외워 봐."

그리핀이 말했다.

'동물이 사람한테 명령을 하고 외우라고 하다니! 이럴 바엔 당장 학교로 돌아가는 게 낫겠어.'

속으로는 그렇게 생각했지만 앨리스는 일어나 시를 외우기 시작했다. 하지만 머릿속이 온통 바닷가재의 춤 생각으로 가득 차 있는 바람에 자기가 무슨 말을 하는지도 몰랐다. 그래서 아주 이상한 단어들이 입에서 튀어나왔다.

"이것은 바닷가재의 목소리. 나는 그의 목소리를 들었네.
'날 너무 많이 구웠어. 머리에 설탕을 뿌려야겠어.'
오리가 눈꺼풀로 하듯 바닷가재는 코를 이용해
허리띠와 단추를 정돈하고 발끝을 벌린다네."

"어릴 때 내가 외우던 거랑 다른걸."

그리핀이 말했다.

"난 한 번도 들어 본 적은 없지만 진짜 말이 안 되는 소리 같긴 해."

가짜 거북이 말했다.

앨리스는 아무 말도 하지 않았다. 손으로 얼굴을 감싸고 주저앉아 모든 게 다시 정상으로 돌아갈 수 있을까만 생각했다.

"설명을 해주면 좋겠는데."

가짜 거북이 말했다.

"그건 저 애도 설명 못해. 다음으로 넘어가자."

그리핀이 얼른 대꾸했다.

"하지만 발은?"

가짜 거북이 묻고 늘어졌다.

"어떻게 코로 발끝을 벌린단 말이야?"

"그건 춤출 때 기본자세예요."

앨리스가 대답했다. 하지만 시가 워낙 엉망인지라 다른 얘기를 했으면 하는 마음이 굴뚝 같았다.

"다음 연을 읊어 봐. '난 그의 정원을 지나갔어요.' 로 시작하잖아."

그리핀이 다시 재촉했다.

앨리스는 엉터리일 걸 뻔히 알면서도 차마 거절할 용기가 없어 떨리는 소리로 계속 외우기 시작했다.

"난 그의 정원을 지나갔어요. 그러다 한 눈으로 보았지요.
올빼미와 표범이 어떻게 파이 하나를 나눠 먹는지……."

가짜 거북이 다짜고짜 말을 막았다.

"설명도 못하는데 그런 건 외워서 뭐해? 이렇게 말도 안 되는
소리는 생전 처음이야!"

"그래, 그만두는 게 좋겠다."

그리핀도 거들었다. 앨리스로서야 듣던 중 반가운 소리였다.

그리핀이 계속 말을 이었다.

"바닷가재 카드리유 중에서 다른 동작을 해볼까? 아니면 가짜
거북한테 노래를 불러 달라고 할까?"

"노래요, 가짜 거북만 좋다면 말이에요."

앨리스가 간절하게 부탁하는 바람에 그리핀은 약간 기분이
상한 듯 했다.

"흥! 취향이야 제각각이지! 자, 친구, '거북 수프' 노래 한번
들려주지 그래!"

가짜 거북이 땅이 꺼질 듯 한숨을 쉬더니 훌쩍이느라 간간이 목이
메어 가며 노래를 부르기 시작했다.

훌륭한 수프, 초록빛의 진한 수프가
뜨거운 그릇 속에서 기다리네.
이토록 맛있는 음식을 누가 외면하리오.
저녁의 수프, 훌륭한 수프!
저녁의 수프, 훌륭한 수프!
후울류웅하안 수우우프!
후울류웅하안 수우우프!
저어녀어억의 수우우프!
훌륭한, 훌륭한 수프!

훌륭한 수프! 어느 누가
생선을, 고기를, 다른 음식을 거들떠보리오.
훌륭한 수프가 두 푼이래도 전부와 바꾸리.
한 푼이래도 전부를 내놓으리.
후울류웅하안 수우우프!
후울류웅하안 수우우프!
저어녀어억의 수우우프!
훌륭한, 훌륭하안 수프!

"다시 후렴!"

그리핀이 소리쳤다. 가짜 거북이 막 노래를 시작하려는데 마침 멀리서 "재판 시작이오!"하는 소리가 들려왔다.

"이리 와!"

그리핀이 외쳤다. 그러더니 노래가 끝나지도 않았는데 앨리스의 손을 잡고는 마구 달리기 시작했다.

"무슨 재판이죠?"

앨리스가 숨을 헐떡이며 물었다. 하지만 그리핀은 "서둘러!"라는 말만 내뱉고는 걸음을 더욱 서둘렀고, 바람결에 실려 오던 서글픈 노랫소리는 점점 희미해져 갔다.

저어너어억의 수우우프!
훌륭한, 훌륭한 수프!

11. 누가 파이를 훔쳤나?

앨리스와 그리핀이 도착해 보니 왕좌에 앉은 하트 왕과 하트 여왕 주위로 카드들, 작은 새들, 동물들이 잔뜩 모여 있었다. 앞쪽에는 카드 잭이 사슬에 묶인 채 양쪽에서 병사들의 감시를 받고 있었다. 왕 옆으로는 흰 토끼가 한 손엔 나팔을, 다른 손에는 양피지 두루마리를 들고 서 있었다. 법정 한가운데 놓인 탁자 위로 파이가 든 커다란 접시가 보였다. 파이가 어찌나 맛있어 보이는지 파이를 보자마자 앨리스는 몹시 배가 고팠다. 앨리스는 생각했다.

'재판이 끝나고 나서 간식거리를 나눠 주면 좋을 텐데!'

하지만 그럴 가능성은 없어 보였다. 그래서 앨리스는 시간을 보내기 위해 주변을 구석구석 살피기 시작했다.

앨리스는 법정에 한 번도 가본 적은 없었지만 책에서 읽은 적은 있던 터라 법정에 있는 것들의 이름을 거의 안다는 사실에 무척 기뻤다.

앨리스가 중얼거렸다.

"커다란 가발을 쓴 걸 보니 저 사람이 판사야."

그런데 판사는 다름 아닌 왕이었다. 왕은 가발 위에 왕관을 써서 (왕의 모습이 궁금하다면 책 옆부분의 그림을 보라.) 무척 불편해 보이고 썩 어울리지도 않았다.

앨리스는 생각했다.

'그리고 저건 배심원석이고, 또 저기 있는 열두 마리는 (몇몇은 네 발 동물들이고 몇몇은 새였으므로 '마리' 란 말이 자연스레 튀어 나왔다.) 배심원일 거야.'

앨리스는 뿌듯해하며 마지막 단어를 두세 번 더 되뇌었다. 그도 그럴 것이 제 또래 중에서 그 말뜻을 아는 아이는 거의 없다고 생각 했기 때문이다. 하지만 '배심원단' 이라고 했으면 더 좋을 뻔했다.

배심원들은 모두 석판에 무언가를 적느라 정신이 없었다.

"다들 뭐하는 거죠? 아직 재판이 시작되지 않아서 쓸 것도 없을 텐데."

앨리스가 그리핀에게 속삭였다.

"자기 이름을 쓰는 거야. 재판이 끝나기 전에 혹시 이름을 잊어버릴까 봐서."

그리핀도 속삭이며 대답했다.

"바보 아냐!"

앨리스가 어이없다는 듯 큰 소리로 말하다 얼른 입을 다물었다. 흰 토끼가 "법정에서는 조용히 하시오!"하고 크게 외쳤던 것이다. 왕이 안경을 끼고는 누가 떠드는지 보려고 유심히 주위를 살폈다.

앨리스는 배심원들이 석판 위에 '바보 아냐'라고 쓰는 모습이 어깨너머로 보이는 듯했다. 심지어 그중 한 배심원이 '바보'를 어떻게 쓰는지 몰라 옆 짝에게 물어보는 것까지 눈에 선하게 그려졌다.

앨리스는 생각했다.

'재판이 끝나기도 전에 석판이 엉망이 되겠군!'

배심원 중 하나가 연필로 끽끽 긁는 소리를 냈다. 물론 이 소리를 참아 낼 앨리스가 아니었다. 앨리스는 법정을 빙 돌아 그 배심원의 뒤로 간 다음 눈 깜짝할 사이에 연필을 뺏어 버렸다. 동작이 어찌나 빨랐던지 작고 불쌍한 배심원(그것은 바로 도마뱀 빌이었다.)은 무슨 일이 일어났는지도 전혀 깨닫지 못했다. 그래서 이리저리 연필을 찾아 헤매다 결국 남은 시간 동안은 손가락 하나로 글씨를 써야 했다. 하지만 석판에 흔적이 남지 않았으므로 아무 소용없는 짓이었다.

"전령은 기소장을 읽어라!"

왕이 말했다.

　　그러자 흰 토끼가 나팔을 힘차게 세 번 불더니 양피지 두루마리를
펼치고 다음과 같이 읽었다.

　　하트 여왕님이 어느 여름날 파이를 만드셨다.
　　하트 잭이 그 파이를 훔쳐서 멀리 달아났도다.

　　"평결을 내려라."
　　왕이 배심원들에게 말했다.
　　"아직 멀었어요! 아직! 그전에 할 일이 많사옵니다."
　　토끼가 급히 끼어들었다.

"첫 번째 증인을 불러라."

왕이 말했다. 흰 토끼가 나팔을 세 번 불고는 소리쳤다.

"첫 번째 증인!"

첫 번째 증인은 모자장수였다. 모자장수는 한 손엔 찻잔을, 다른 손엔 버터 바른 빵을 든 채 법정으로 들어섰다.

모자장수가 입을 열었다.

"용서하십시오, 폐하. 전갈을 받았을 때 마침 차를 마시던 중이라 이것들을 들고 왔나이다."

왕이 물었다.

"다 마시고 왔어야지. 차는 언제부터 마시기 시작했느냐?"

왕이 물었다.

모자장수가 3월토끼를 쳐다보았다. 3월토끼는 겨울잠쥐와 함께 팔짱을 끼고 법정에 뒤따라 와 있었다.

"3월 14일인 것 같습니다."

모자장수가 대답했다.

"15일이야."

3월토끼가 말했다.

"16일이야."

겨울잠쥐가 토를 달았다.

"기록하라."

왕이 배심원들에게 일렀다. 배심원들은 각자의 석판에 날짜 세 개를 열심히 받아 적은 다음 날짜를 모두 더하더니 돈으로 환산했다.

"모자를 벗어라."

왕이 모자장수에게 말했다.

"이건 제 모자가 아닙니다."

모자장수가 말했다.

"훔쳤구나!"

왕이 소리치며 배심원들을 돌아보자 배심원들은 즉시 그 사실을 기록했다.

"파는 겁니다. 제 건 하나도 없어요. 전 모자장수라고요."

모자장수가 설명했다.

그 말에 여왕이 안경을 쓰고는 모자장수를 노려보았고, 모자장수는 얼굴이 하얗게 질린 채 안절부절못했다.

왕이 말했다.

"증언하라, 긴장하지 말고. 안 그러면 이 자리에서 당장 사형시켜 버리겠다."

하지만 이 말은 증인을 구슬리는 데는 전혀 도움이 안 되는 듯했다. 모자장수는 발을 동동 구르며 불안스레 여왕의 눈치를 살폈고 너무 당황한 나머지 빵을 먹는다는 것이 그만 찻잔을 한 입 가득 베어 물고 말았다.

그때 앨리스는 아주 묘한 기분에 빠져 어리둥절해하고 있었는데, 곧 그 이유를 알아차렸다. 앨리스의 몸이 다시 커지고 있었던 것이다. 앨리스는 처음엔 자리에서 일어나 법정을 나가야겠다고 생각했다. 그러나 생각을 고쳐먹고는 공간이 남아 있는 한 자리를 그대로 지키기로 결심했다.

"그만 좀 밀어. 숨을 쉴 수가 없잖아."

옆자리에 앉은 겨울잠쥐가 투덜댔다.

"나도 어쩔 수가 없어요. 커지는 중이거든요."

앨리스가 아주 공손하게 대꾸했다

"넌 여기서 클 권리가 없어."

겨울잠쥐가 말했다.

"말도 안 되는 소리 말아요. 당신도 키는 자라잖아요."

앨리스가 좀 더 용감하게 받아쳤다.

"그래. 그래도 난 정상적인 속도로 자라지, 그렇게 터무니없이 커지진 않는다구."

겨울잠쥐는 잔뜩 골이 난 얼굴로 자리에서 일어나더니 다른 쪽으로 건너가 버렸다.

모자장수를 계속 노려보고 있던 여왕이 겨울잠쥐가 법정을 가로지르는 순간 관리에게 명령을 내렸다.

"지난 번 음악회에서 노래했던 가수 명단을 가져오너라!"

불쌍한 모자장수가 그 소리를 듣고 어찌나 벌벌 떨었는지 그만 신발 두 짝이 모두 벗겨져 버렸다.

"증언을 해. 그렇지 않으면 네가 겁을 내든 말든 처형해 버릴 테니."

왕이 화를 내며 다시 말했다.

"불쌍히 여겨 주십시오, 폐하."

모자장수가 떨리는 목소리로 입을 열었다.

"차를 마시기 시작한 건 일주일도 넘지 않았습니다. 버터 바른 빵은 자꾸 얇아지는데……, 차는 차갑고……."

"뭐가 차갑다고?"

왕이 물었다.

"차가 차다고 했습니다."

모자장수가 대답했다.

"물론 차는 차지! 넌 내가 바보로 보이느냐? 계속해!"

왕이 날카롭게 내뱉었다.

"불쌍히 여겨 주십시오."

모자장수가 말을 이었다.

"그 후로 모든 게 차가워졌는데……. 3월토끼가 하는 말이……."

"난 아무 말도 안 했어!"

3월토끼가 급히 끼어들었다.

"말했잖아!"

모자장수가 말했다.

"아닙니다!"

3월토끼가 되받았다.

"안 했다고 하니 그 부분은 생략해."

왕이 말했다.

"어쨌든 겨울잠쥐 말이……."

모자장수는 겨울잠쥐마저 아니라고 할까 봐 걱정스런 눈으로 두리번거렸다. 그러나 겨울잠쥐는 잠에 푹 빠져 아무 말도 하지 않았다.

"그 후에 저는 버터 바른 빵을 좀 더 잘랐는데……."

모자장수가 말을 계속했다.

"그런데 겨울잠쥐는 뭐라고 말했나요?"

배심원 중 하나가 물었다.

"그건 기억나지 않는데요."

모자장수가 말했다.

"기억해 내거라. 안 그러면 처형하겠다."

왕이 명령했다.

가련한 모자장수가 찻잔과 빵을 떨어뜨리더니 한쪽 무릎을 꿇었다.

"불쌍히 여겨 주십시오, 폐하."

모자장수가 입을 열었다.

"네 놈 말재주가 더 불쌍하구나."

왕이 말했다.

이때 기니피그 한 마리가 환호성을 지르다가 관리들에게 즉각 진압되었다. ('진압'이 좀 어려운 말인 관계로 진압 과정을 간단히 설명하겠다. 관리들은 주둥이를 끈으로 묶게 되어 있는 큰 자루 속에 기니피그를 거꾸로 집어넣은 다음 자루를 깔고 앉았다.)

앨리스는 생각했다.

'이런 장면을 직접 보다니 정말 잘됐어. 신문을 보면 재판이 끝날 때쯤 방청객 사이에서 박수가 터져 나오자 법정 관리들이 즉시 진압했다는 기사가 자주 나오던데, 이제야 그 뜻을 이해하게 됐으니 말이야.'

계속해서 왕이 말했다.

"네가 알고 있는 게 그게 다라면 증인석에서 내려가도 좋다."

"더 이상 내려갈 데가 없는데요. 바닥에 서 있거든요."

모자장수가 대꾸했다.

"그렇다면 자리에 앉아도 좋다."

왕이 다시 말했다.

다른 기니피그가 또 환호성을 질렀지만 금세 진압되었다.

'휴, 기니피그들이 다 없어져 버렸네! 이제 재판이 좀 제대로 되겠는걸.'

앨리스는 생각했다.

"차를 마저 마시고 싶은데요."

모자장수가 가수들 명단을 읽고 있는 여왕을 불안한 눈길로 쳐다보며 말했다.

"가도 좋다."

왕의 허락이 떨어지자마자 모자장수는 신발도 신지 않은 채 허겁지겁 법정을 빠져나갔다.

"쫓아 나가 당장 저놈의 목을 쳐라."

여왕이 한 관리에게 명령을 내렸다. 하지만 관리가 문에 이르기도 전에 모자장수는 이미 사라지고 없었다.

"다음 증인을 불러라!"

왕이 말했다.

다음 증인은 공작부인의 요리사였다. 요리사는 한 손에 후추 통을 들고 있었는데, 앨리스는 요리사가 법정에 들어서기 전부터 문 근처 사람들이 갑자기 재채기를 해대는 걸 보고 누구인지 벌써 짐작하고 있었다.

"증언하라."

왕이 말했다.

"싫습니다."

요리사가 대답했다.

왕이 걱정스런 눈으로 흰 토끼를 쳐다보자 흰 토끼가 나직하게 말했다.

"폐하, 이 증인은 반대신문을 하셔야 합니다."

"그래, 해야 한다면 해야지."

왕이 풀이 죽어서 말했다. 그러고는 팔짱을 끼고 눈이 안 보일 정도로 눈살을 찌푸린 채 요리사를 보며 위엄 있는 목소리로 물었다.

"파이는 무엇으로 만드느냐?"

"후추죠, 대부분."

요리사가 대답했다.

"당밀이요."

요리사 뒤에서 졸린 목소리가 튀어나왔다.

"저 겨울잠쥐를 체포해라."

여왕이 날카롭게 소리쳤다.

"저 겨울잠쥐의 목을 쳐라! 법정에서 쫓아내라! 저놈을 꼼짝 못하게 해! 저 놈을 꼬집어라! 저놈의 수염을 뽑아 버려!"

한동안 법정 안은 겨울잠쥐를 몰아내느라 아수라장이 되었다. 겨우 안정을 되찾았을 때쯤엔 요리사는 이미 사라지고 없었다.

한시름 놓았다는 듯 왕이 말했다.

"신경 쓸 것 없다! 다음 증인을 불러라."

그러고는 목소리를 낮추어 여왕에게 말했다.

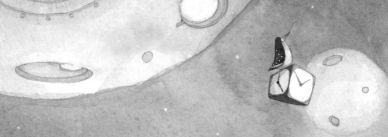

"여보, 다음 증인은 당신이 반대 신문하구려. 난 골치가 너무
아파서 말이야!"

앨리스는 명단을 만지작거리는 흰 토끼를 보며 다음 증인이
누굴까, 잔뜩 호기심이 일었다. 그러면서 이렇게 중얼거렸다.

"여태껏 증언다운 증언이 없었잖아."

그러니 흰 토끼가 작고 가는 목청을 한껏 돋워 "앨리스!"하고
외쳤을 때 앨리스가 얼마나 놀랐을지 한번 상상해 보라.

12. 앨리스의 증언

"네!"

순간 너무 당황한 앨리스는 몇 분 새 자기가 얼마나 커졌는지도
까맣게 잊은 채 큰 소리로 대답하며 허겁지겁 몸을 일으켰다. 그
바람에 배심원석이 치맛자락에 걸려 뒤집어졌고, 배심원들은 아래에
있던 관중들의 머리 위로 고꾸라져서는 대자로 쭉 뻗어 버렸다.
그 모습을 본 앨리스는 지난주에 실수로 엎어 버린 금붕어 어항이
떠올랐다.

"어머, 미안해요!"

앨리스는 어쩔 줄 몰라 하며 최대한 빨리 배심원들을 집어 올리기 시작했다. 금붕어 사건이 머리에서 뱅뱅 맴돌아 배심원들을 당장 자리에 앉히지 않으면 전부 죽을지도 모른다는 생각이 들었던 것이다.

왕이 근엄한 목소리로 말했다.

"배심원들이 모두 제자리에 앉기 전까지 재판은 진행할 수 없다. 하나라도 빠지면 안 돼."

왕이 다시 한 번 힘주어 말하며 앨리스를 무섭게 노려보았다.

앨리스는 배심원석을 보다가 너무 서두르는 통에 그만 도마뱀을 거꾸로 앉혔다는 걸 알았다. 불쌍한 도마뱀은 옴짝달싹 못한 채 꼬리만 처량하게 흔들고 있었다. 앨리스가 당장 도마뱀을 집어 제대로 앉히며 중얼거렸다.

"이런다고 뭐가 달라지나? 거꾸로 있든 바로 있든 재판에 도움 안 되기는 마찬가지일걸."

배심원들은 어느 정도 충격에서 벗어나자 석판과 연필을 찾아 쥐고 부지런히 사건의 이모저모를 기록하기 시작했다. 단지 도마뱀 만이 충격이 너무 커서인지 입을 떡 벌린 채 천장만 올려다보고 있었다.

"이 일에 대해 뭘 알고 있지?"

왕이 앨리스에게 물었다.

"아무것도 몰라요."

앨리스가 대답했다.

"하나도?"

왕이 물고 늘어졌다.

"하나도요."

앨리스가 말했다.

"아주 중요한 얘기군."

왕이 배심원들을 돌아보며 말했다. 배심원들이 이 말을 막 받아 적기 시작하는데 흰 토끼가 끼어들었다.

"폐하의 말씀은 물론 중요하지 않다는 뜻이겠지요."

말투는 공손했지만 얼굴은 잔뜩 찌푸린 채였다.

"물론 안 중요하다는 뜻이고말고."

왕이 얼른 말을 바꾸었다. 그러고는 마치 어떤 말이 더 듣기 좋은지 시험해 보듯 작은 소리로 중얼거렸다.

"중요하다, 안 중요하다, 중요하다, 안 중요하다……."

어떤 배심원들은 '중요하다.' 라고 썼고 어떤 배심원들은 '안 중요하다.' 라고 썼다. 앨리스는 배심원들 가까이 앉아 있어서 석판의 기록이 훤히 다 보였다.

'하지만 그게 무슨 상관이람.'

앨리스는 속으로 생각했다.

"조용!"

한동안 공책에 무언가를 열심히 적고 있던 왕이 갑자기 소리를 질렀다. 그러고는 소리 내어 글을 읽었다.

"규칙 제42조. 키가 1,600미터 이상인 사람은 법정을 떠나야 한다."

모두의 시선이 앨리스에게로 쏠렸다.

"난 그 정도로 크지 않아요."

앨리스가 말했다.

"커."

왕이 말했다.

"아마 3,000미터쯤 될걸."

여왕이 거들었다.

"어쨌든 난 나가지 않을 거예요. 게다가 그건 정식 규칙도 아닌 걸요. 방금 전에 만들어 냈잖아요."

앨리스가 반박했다.

"이건 가장 오래된 규칙이야."

왕이 말했다.

"그렇다면 제 1조가 되어야죠."

앨리스가 따졌다.

왕의 얼굴이 하얗게 변하더니 허둥지둥 공책을 덮었다.

"평결을 내려라."

왕이 배심원들을 향해 떨리는 소리로 나직이 말했다.

"폐하, 아직 증거가 남아 있습니다. 방금 이 종이를 손에 넣었습니다."

흰 토끼가 펄쩍 뛰며 황급히 말했다.

"뭐라고 적혀 있느냐?"

여왕이 물었다.

"저도 아직 열어 보진 않았습니다만 카드 잭이 누군가에게 쓴 편지 같습니다."

흰 토끼가 대답했다.

"당연히 그렇겠지. 누군가에게 쓴 게 아니라면 그게 더 이상하잖아."

왕이 말했다.

"누구한테 보낸 겁니까?"

한 배심원이 물었다.

"보낸 게 아닙니다. 사실 겉에는 아무것도 안 쓰여 있거든요."

흰 토끼가 종이를 펼치며 이렇게 덧붙였다.

"편지가 아니네요."

"카드 잭의 글씨인가요?"

다른 배심원이 물었다.

"아니요. 그게 제일 이상한 점입니다."

흰 토끼가 대답했다. (배심원들이 모두 어리둥절한 표정을 지었다.)

"다른 사람의 글씨를 흉내 낸 게 틀림없어."

왕이 말했다. (배심원들의 얼굴이 다시 환해졌다.)

"폐하, 저는 그걸 쓰지 않았습니다. 그리고 제가 썼다는 증거도 없습니다. 끝에 서명도 없지 않습니까?"

카드 잭이 말했다.

"네 놈이 서명을 하지 않았다면 문제는 더 심각해지지. 나쁜 짓을 할 속셈이 아니었다면 정직한 사람들처럼 당연히 서명을 했을 것 아니냐?"

여기저기서 박수갈채가 쏟아져 나왔다. 왕이 그날 들어 처음으로 똑똑한 말을 했기 때문이다.

"유죄가 입증되었군."

여왕이 말했다.

"그건 증거라고 할 수 없어요! 아직 내용도 모르잖아요!"

앨리스가 소리쳤다.

"읽어 보거라."

왕이 명령했다.

흰 토끼가 안경을 쓰고는 물었다.

"어디서부터 시작할까요, 폐하?"

"처음부터 시작해서 끝날 때까지 계속 읽어. 그런 다음에 멈춰."

왕이 엄숙하게 말했다.
흰 토끼가 읽은 시는 이러했다.

그들은 내게 당신이 그녀에게 갔다고 말했어요.
그리고 그에게 내 얘기를 했죠.
그녀는 나를 칭찬했지만
내가 수영을 못한다고 말했지요.

그는 그들에게 내가 가지 않았다고 전했어요.
(우리는 그게 사실이라는 걸 알아요.)
그녀가 그 문제를 계속 물고 늘어지면
당신은 어떻게 될까요?

나는 그녀에게 하나를 주었고, 그들은 그에게 두 개를 주었고
당신은 우리에게 세 개 이상을 주었지요.
그들은 그에게서 받은 것을 당신에게 모두 돌려주었어요.
전에는 모두 내 것들이었지만.

나나 그녀가 이 일에
휘말리게 된다면
그는 당신이 그들을 풀어 줄 거라고 믿어요.
우리가 그랬던 것처럼.

난 당신을
(그녀가 이렇게 미치기 전에)
그와 우리 그리고 그것 사이의
장애물이라고 생각했어요.

그녀가 그것들을 가장 좋아한다는 사실을 그가 모르게 해요.
이것은 다른 사람들에게는
비밀이니까.
당신과 나, 둘만의 비밀.

"지금까지 들었던 것 중 가장 중요한 증거로군. 그러니 이제 배심원들은……."

왕이 두 손을 비비며 말했다.

"이 시를 설명할 수 있는 배심원이 있다면(앨리스는 그새 키가 훌쩍 자라 이제 왕의 말을 끊는 것도 전혀 두렵지 않았다.) 그 사람에게 6펜스를 주겠어요. 전 이 시에 눈곱만큼의 뜻도 없다고 생각해요."

앨리스가 말했다.

배심원들이 모두 석판에 이렇게 썼다.

"그녀는 이 시에 눈곱만큼의 뜻도 없다고 생각한다."

그러나 시를 설명하려는 배심원은 없었다.

왕이 말했다.

"만약 이 시에 아무 의미가 없다면 큰 수고를 더는 셈이지. 굳이 의미를 찾을 필요가 없을 테니까. 하지만 아직은 모를 일이야."

왕은 무릎 위에 시를 펼치고는 한쪽 눈으로 유심히 들여다보며 말을 이었다.

"아무래도 내가 보기엔 무슨 뜻이 숨어 있는 것 같거든. '내가 수영을 못한다고 말했지요.' 넌 수영을 못하지, 그렇지?"

왕이 카드 잭을 돌아보며 물었다.

잭이 서글프게 머리를 흔들었다.

"제가 할 수 있을 것처럼 보이십니까?" (몸이 종이로 된 카드 잭이 수영을 못하는 건 당연했다.)

"지금까진 문제가 없군."

왕은 이렇게 말하고는 시에 대해 중얼중얼 혼잣말을 했다.

"'우리는 그게 사실이라는 걸 알아요.' 여기서 우리란 물론 배심원들이지. '나는 그녀에게 하나를 주었고 그들은 그에게 두 개를 주었고……', 음, 이건 저놈이 파이를 가지고 그랬다는 소리겠지."

"하지만 '그들은 그에게서 받은 것을 당신에게 모두 돌려주었어요.'라고 나오잖아요."

앨리스가 말했다.

"그래, 저거 말이지!"

왕이 탁자 위의 파이를 가리키며 보란 듯이 말했다.

"저것보다 확실한 증거는 없지. 그리고 '그녀가 미치기 전에……'라, 당신은 미친 게 아니잖소, 여보?"

왕이 여왕에게 물었다.

"절대로!"

여왕이 불같이 화를 내며 도마뱀에게 잉크병을 집어던졌다. (운 나쁜 도마뱀 빌은 손가락으로 글을 써봐도 아무 흔적이 남지 않아 글쓰기를 그만둔 상태였다. 그러던 차에 잉크가 얼굴을 타고 줄줄 흘러내리자 그걸 찍어 다시 허둥지둥 쓰기 시작했다.)

"그럼 이 말이 당신에게 미치는 건 아니군."

왕이 미소 띤 얼굴로 법정을 둘러보며 말했다. 순간 법정이 찬물을 끼얹은 듯 조용해졌다.

"말장난이야!"

기분이 상한 듯 왕이 이렇게 덧붙이자 그제야 다들 웃음을 터뜨렸다.

"배심원들은 평결을 내려라."

그날만 벌써 스무 번째로 하는 말이었다.

"안 돼, 안 돼! 선고가 먼저고 평결이 나중이야."

여왕이 소리쳤다.

"말도 안 돼요! 선고를 먼저 하는 경우가 어디 있어요!"

앨리스가 큰 소리로 말했다.

"입 닥쳐!"

여왕의 얼굴이 벌게졌다.

"싫어요!"

앨리스가 대들었다.

"저 애의 목을 쳐라!"

여왕이 고래고래 고함을 질렀다. 그러나 아무도 움직이지 않았다.

"누가 당신 말에 신경이나 쓴대요?"

앨리스가 말했다.

(이제 앨리스는 온전히 제 키로 돌아와 있었다.)

"고작 종이 카드일 뿐이면서!"

이 말에
카드들이 몽땅
공중으로 날아오르더니 앨리스 위로 쏟아져 내렸다. 겁도 나고 화도
난 앨리스는 조그맣게 비명을 지르며 손으로 카드를 쳐내려고 하다가
문득 자신이 언니의 무릎을 베고 강둑에 누워 있다는 사실을 깨달
았다. 언니가 앨리스의 얼굴 위로 하늘하늘 떨어져 내린 낙엽을
가만히 털어 내고 있었다.

"일어나, 앨리스! 무슨 잠을 이렇게 오래 자니!"

언니가 말했다.

"아, 정말 이상한 꿈을 꿨어!"

앨리스는 언니에게 방금 여러분이 읽은, 신기한 모험을 기억나는 대로 들려주었다. 이야기를 마치자 언니가 앨리스에게 입을 맞추며 말했다.

"정말 이상한 꿈이구나. 하지만 이제 얼른 차 마시러 가야겠다. 늦겠어."

앨리스가 일어나 달리기 시작했다. 그리고 달리면서 생각했다. 정말 굉장한 꿈이었다고.

그러나 언니는 앨리스가 자리를 뜬 뒤에도 손으로 턱을 괴고 앉아 지는 해를 바라보았다. 그리고 귀여운 앨리스와 앨리스의 이상한 모험을 생각하다 점점 자신의 꿈속으로 빠져들었다.

먼저 언니는 동생 앨리스 꿈을 꾸었다. 앨리스는 다시 한 번 언니의 무릎 위에 깍지 낀 작은 손을 올려놓고 반짝이는 눈으로 언니를 올려다보았다. 앨리스의 목소리가 생생하게 들렸고, 늘 눈을 찌르는 머리칼을 뒤로 넘기기 위해 특유의 몸짓으로 머리를 살짝 젖히는 모습도 보였다. 계속 그렇게 귀를 기울이자, 아니 귀를 기울이는 듯하자, 온 사방이 앨리스의 꿈에 등장했던 이상한 동물들로 활기를 띠기 시작했다.

흰 토끼가 급하게 뛰어가자 높게 자란 풀잎들이 발밑에서 바스락거렸다. 놀란 쥐는 근처 연못으로 첨벙 뛰어들었다.

3월토끼와 그 친구들이 끝도 없이 차를 마시며 찻잔을 달그락대는 소리와 운 없는 손님들에게 사형을 선고하는 여왕의 날카로운 목소리도 들렸다. 돼지 아기는 공작부인의 무릎에서 다시 재채기를 했고 주위에서는 접시와 그릇들이 산산이 부서졌다. 그리핀의 새된 소리와 도마뱀의 석판 연필이 끽끽대는 소리, 기니피그가 진압당하며 숨넘어갈 듯 캑캑거리는 소리가 가엾은 가짜 거북이 멀리서 훌쩍이는 소리와 한데 섞여 사방을 가득 메웠다.

언니는 눈을 감은 채 자리에 앉아 자신이 이상한 나라에 와 있다고 반쯤 믿었다. 다시 눈을 뜨면 모든 게 따분한 현실로 바뀌리라는 걸 알면서도. 풀잎들은 단지 바람 때문에 바스락거리는 것이고, 연못이 일렁이는 건 갈대가 흔들리는 까닭이고, 달그락거리는 찻잔 소리는 양의 목에 매달린 방울이 딸랑이는 소리로 바뀔 테고, 여왕의 고함 소리는 양치기 소년의 목소리로 바뀔 터였다. 아기의 재채기, 그리핀의 새된 소리와 다른 이상한 소리들은 (언니가 알기로) 분주한 농장의 소음으로 변하고, 멀리서 들리는 소 울음소리는 가짜 거북의 서글픈 흐느낌을 대신할 것이다.

마지막으로 앨리스의 언니는 훗날 숙녀로 성장한 동생의 모습을 상상해 보았다. 나이가 들어가면서 어린 시절의 순수하고 사랑스런 마음을 어떻게 지켜 나갈지, 아이들 앞에서 신기한 이야기들을 들려주며 그 숱한 눈망울들을 얼마나 초롱초롱 빛나게 할지를 생각했다. 그 이야기 속엔 어쩌면 오래 전 앨리스가 꾼 이상한 나라의 모험도 들어 있으리라. 그리고 자신의 어린 시절과 행복했던 여름날을 추억하며 아이들의 티 없는 슬픔을 함께 느끼고 아이들의 해맑은 기쁨 속에서 즐거움을 찾는 앨리스의 모습을 가만히 그려 보았다.

이상한 나라의 앨리스

THE STORY BOOK

지은이 루이스 캐럴
1832년 영국의 성직자 집안에서 태어났다. 본명은 '찰스 루트위지 도지슨'이다. 아버지 찰스 도지슨의 열한 명의 자녀 중 셋째로 수학에 남다른 재능이 있었다. 옥스퍼드 대학에 진학해 수학을 전공했고 같은 대학에서 수학을 가르치는 교수로 재직했다. 새로운 학장으로 부임해 온 핸리 리들의 어린 딸들과 우정을 쌓았는데 특히 그의 말에 귀 기울여 주던 '앨리스 리들'을 위해 동화 『이상한 나라의 앨리스』와 속편 『거울나라의 앨리스』를 썼고 이로 인해 어린이 문학에서 지위를 굳혔다. 작가이자 수학자이며 사진작가로도 유명하다. 그 밖의 저서로는 『스나크 사냥』, 『실비와 브루노』 등이 있다.

옮긴이 김양미
교육대학을 졸업하고 수년간 아이들과 함께 배우며 생활했다. 지금은 좋아하는 책을 벗 삼아 외국의 좋은 책을 소개하고 우리말로 옮기는 작업을 하고 있다. 번역서로는 『작은 아씨들』, 『지금 알고 있는 것을 그때의 내가 알았더라면』, 『바쁜 아이 독서습관 잡아주는 엄마노력 57가지』 등이 있다.

그린이 김민지
JC엔터테인먼트에서 온라인 게임 디자인을 했고, 애니메이션 「아크」의 캐릭터 디자인과 컬러 코디네이션 및 일러스트 작업을 했다. 그동안 그림을 그린 책으로는 『어린 왕자』, 『피터 팬』, 『왕자와 거지』, 『이상한 나라의 앨리스』, 『거울 나라의 앨리스』, 『오즈의 마법사』, 『나무, 바람을 사랑하다』 등이 있다.

이상한 나라의 앨리스 아름다운고전시리즈 ③

지은이 | 루이스 캐럴   **옮긴이** | 김양미   **그린이** | 김민지
펴낸이 | 김종길   **펴낸곳** | 인디고

출판등록 1998년 12월 30일 제2013-000314호   **주소** | (04209) 서울시 마포구 월드컵로8길 41
홈페이지 indigostory.co.kr   **전화** | (02)998-7030   **팩스** | (02)998-7924
이메일 | geuldam4u@geuldam.com   **블로그** | blog.naver.com/geuldam4u
페이스북 | www.facebook.com/geuldam4u
초판 1쇄 발행 | 2008년 1월 5일   **초판 33쇄 발행** | 2024년 1월 2일   **정가** | 12,800원
ISBN 978-89-92632-12-6 03810

이 도서의 국립중앙도서관 출판시도서목록(CIP)은 e-CIP홈페이지(http://www.nl.go.kr/ecip)와
국가자료공동목록시스템(http://www.nl.go.kr/kolisnet)에서 이용하실 수 있습니다.